Metz-Verlag

Impressum:

Druck: Druckhaus Beltz, Hemsbach/Bergstraße
ISBN 3-927655-16-3

Sieglinde Breitschwerdt

Die verkauften Gespenster

mit Bildern von Lila Leokadia Leiber

Metz-Verlag

Damit alle sich in diesem Buch auskennen:

Die Geschichte spielt in einem alten Schloß, das hoch über dem Dörfchen Blomberg liegt. Blomberg ist zwar ein erfundener Name, es ist aber ein Dorf und ein Schloß, wie es in Wirklichkeit noch viele gibt - bis auf die Gespenster. Aber sicher, daß es keine Gespenster mehr gibt, kann man - wenn man die Geschichte gelesen hat - nicht sein. Vielleicht bedauert der eine oder andere auch, daß sich heutzutage so wenige Gespenster zeigen.

Archibald, Graf von Gruftenstein, ist ein verarmter Adliger und Besitzer des völlig verschuldeten gleichnamigen Schlosses. Er versucht alles,um seinen Besitz zu retten; die Hypotheken werden aber von einem reichen Amerikaner übernommen, der sich auf dem Schloß breitmacht.

Mr Richstone ist ein reicher, dickbäuchiger, glatzköpfiger, kleiner Amerikaner, der alle Schulden von Schloß Gruftenstein übernimmt, um daraus mit etwas Gespensterzauber eine Touristenfalle für reiche Amerikaner zu machen.

Eduard von Gruftenstein, der Vampir auf dem Schloß, der sich schon seit Jahrhunderten nach viel Blut sehnt und ständig unter Liebeskummer leidet, weil er sich immer in die falschen Frauen verliebt.

Countess Cynthia of poison, die als Rote Gräfin und berühmteste Giftmischerin ihrer Zeit in die Chronik von Gruftenstein einging, ist die Verlobte von Graf Archibald. Sie lebt in einem Bilderrahmen und wartet begierig auf den Tod ihres Verlobten.

Kunibert, geistert als furchteinflößender Schwarzer Ritter auf Schloß Gruftenstein. Er hat Kummer, weil seine Rüstung im Laufe der Zeit ganz rostig geworden ist.

Dragomir von Gruftenstein, der Vater von Graf Eduard, treibt es bei Vollmond als Werwolf in die Wälder. Von Zeit zu Zeit bekommt er eine Schrotladung von den Blomberger Bauern in den Hintern, weil er beim Hühnerstehlen erwischt wird.

Agatha di Horribili, längst verstorben, raucht gerne dikke Zigarren und sorgt sich um Dragomir, Kunibert und Eduard.

Julian, der Sohn von Graf Archibald, ist 16 Jahre und geht noch zur Schule. Er verliebt sich unsterblich in Sabine.

Kräsch, eine Bobtailmischung, hängt sehr an seinem Herrn und an der Freiheit.

Charles, der alte Schloßkastellan, uralt und fast ein wandelndes Skelett, Faktotum der Familie, legt auf Etikette und standesgemäßes Benehmen großen Wert.

Grete, der heimliche Schwarm von Charles, hilft der Familie seit Jahren durch kleine Spenden zu überleben.

Sabine, Studentin, die als Aushilfsgespenst angeheuert wird und im Schloß bleiben will.

Klaus und Sebastian, Studenten und Aushilfsgespenster.

Für meine Tochter Eva- Verena

In dieser Nacht war es außergewöhnlich rauh und kalt. Der Wind trieb winselnd eisige Luftwirbel um Ecken und in Winkel, und seit Stunden schon nieselte ein feiner Regen in trostlosem Einerlei vom Himmel. Wolkenfetzen wirbelten in hastigem Spiel um den Mond und tauchten Schloß Gruftenstein in fahles Licht.
Das Schloß stand eindrucksvoll auf dem Blomberg. Schmale Bogenfenster schimmerten gelb in die Dunkelheit und schauten hochmütig auf das Dörfchen unten am Fuß des Blombergs hinab. Schattenhaft waren dunkelgraue Dächer und vereinzelt tanzende Lichtpunkte der Straßenlaternen auszumachen.
Eduard, der Vampir von Gruftenstein, zog hoch am Himmel seine Kreise und spähte mürrisch in die Dunkelheit unter ihm.
Er war wütend und hungrig und hoffte inständig auf einen nächtlichen Spaziergänger. Seit Tagen schon hatte er nicht das allergeringste Tröpfchen Blut abzapfen können. Dazu war sein Flugcape vom Nieselregen völlig durchnäßt und hinderte ihn am Fliegen. Der kalte Wind, der durch die nassen Kleider fegte, verbesserte seine Laune keineswegs.

Eduard beschloß, zum Schloß zurückzufliegen. Er sehnte sich nach der Gemütlichkeit in seinem trokkenen Sarg. Auch mußte er sich endlich eine sichere Methode überlegen, dieser ständigen Unterernährung zu entgehen.
Verzagt drehte er eine letzte Kurve über dem Dorf, als er plötzlich stutzte. In einigen Blomberger Häusern öffneten sich die Eingangstüren, und schemenhafte Gestalten huschten auf den Straßen hin und her.
Verwundert schaute der Vampir auf seine Armbanduhr, die ihm Julian, sein siebenfacher Urgroßcousin erst kürzlich zum Geburtstag geschenkt hatte. Es war fast Mitternacht! Normalerweise schliefen die Dorfbewohner um diese Zeit!
Neu belebt breitete Eduard seine Arme weit aus und flatterte nach unten, wobei er in seiner Hast einen Apfelbaum übersah. Stöhnend kletterte er abwärts und blieb an einem vorstehenden Ast hängen, der einen mächtigen Riß in sein Cape ratschte.
Wütend stampfte er mit dem Fuß auf und blieb zerrupft und zitternd stehen. Die Rüschen seines Spitzenhemdes hingen herunter, die rote Samthose tropfte und seine Turnschuhe waren voll Wasser.
„So ein Mist“, machte sich Eduard Luft. „Jetzt muß ich diesen verdammt kräfteverschleißenden Weg zurück zu Fuß gehen. Mit dem Cape komme ich nicht in die Luft, geschweige denn kann ich den genauen Kurs halten.“
Doch dann starrte er verzückt die Dorfstraße ent-

lang: Sperrmüll, nichts als Sperrmüll! Überall Berge von Sperrmüll auf den Bürgersteigen!
Sofort waren Hunger und Nässe vergessen, denn Eduard war ein begeisterter Sperrmüllwühler. Es gab für ihn nichts Schöneres als große Haufen auseinanderzureißen.
In der Vergangenheit hatte er schon so viele unglaublich nützliche Dinge gefunden. Sein altes Grammophon, diverse Schraubenzieher und Zangen hatte er vom Sperrmüll. Auch der Sturzhelm, den er seit einigen Tagen trug, weil seine Landungen nicht mehr so vorbildlich waren wie früher, stammte aus dieser Fundgrube.
Bis zu den Schultern in einem Stapel steckend, zog er nach einigem Wühlen eine Mundharmonika hervor, die ein bißchen verrostet war. Am Rand war sie ein Stückchen abgebrochen, aber sonst war sie noch total in Ordnung.
Eduard blies hinein, und das alte Ding jaulte auf. Hoch erfreut steckte Eduard das Musikinstrument ein, als er Stimmen hörte.
Er duckte sich in den Schatten der Hauswand und lauschte aufgeregt.
Sperrmüll und vielleicht ein Blutspender! Wenn das mal kein irrer Glückstag für ihn war!
„Mr. Richstone, auch wenn ihr Wagen 106 PS hat", hörte er Rudi Stunk, den Gastwirt ‚Zum Fröhlichen Hirsch' sagen, „Sie kommen den Blomberg nicht hoch! Die Straße ist nicht befestigt. Nicht einmal ein Traktor käme bis zur nächsten Biegung."

„Aber ich muß zum Schloß!" jammerte die andere Stimme. „Ich werde erwartet!"
Der Vampir reckte den Hals und besah sich den Kerl genauer, der zum Schloß wollte. Er war klein und äußerst dick. Seine dunkle Anzugsjacke spannte über den Bauch, und sein kreisrunder, blanker Schädel glänzte im Licht der Straßenlaterne. Schnuppernd krauste der Vampir seine Nase.
Er roch Blut - köstliches, wohlgenährtes Blut!
Seine spitzen Eckzähne leuchteten im Dunkeln, als er hinterhältig lächelte und sich dabei die Lippen leckte.
„Entweder Sie warten, bis es aufhört zu regnen und der Weg einigermaßen trocken ist, oder sie gehen zu Fuß!" antwortete der Gastwirt.
Mr. Richstone seufzte, öffnete den Kofferraum seines Wagens und holte einen Regenschirm und eine Reisetasche heraus. Der kleine, dicke Mann stapfte los, und Eduard ließ ihm einige Meter Vorsprung, bevor er hinterherschlich.
Doch so sehr sich Eduard auch bemühte leise zu sein, seine Turnschuhe quietschten bei jedem Schritt laut auf. Schon nach wenigen Metern drehte sich Mr. Richstone um und musterte Eduard eingehend von oben bis unten.
Höflich fragte er: „Ihr Motorrad ist wohl auch im Morast steckengeblieben, was?"
„Wie?" fragte Eduard überrascht.
„Sie sind doch auch auf dem Weg zum Schloß?"
„Natürlich! Ich wohne dort!"

„Wie schön! Das trifft sich ja gut! Ich habe einen Termin bei Archibald von Gruftenstein! Kennen Sie den?“ rief Mr. Richstone erfreut aus.
„Gewiß. Er ist mein ... äh ... Urgroßcousin!“
Der kleine Mann ging weiter. „Kommen Sie, da können wir beide uns ja begleiten.“
Eduard blieb ein paar Schritte hinter ihm, kniff die Augen zusammen und suchte nach einer günstigen Einbißstelle an Mr. Richstones Hals. Gerade als er beide Hände hochhob, um sie ihm um den Hals zu legen, drehte sich dieser um.
„Halten Sie mal!“ befahl er.
Völlig aus dem Konzept gebracht, nahm Eduard ihm die schwere Reisetasche ab. Mr. Richstone öffnete den Regenschirm und hängte sich bei Eduard ein.
Der Vampir kochte vor Zorn. Er, ein Graf von Gruftenstein, wenn auch verblichen, wurde von einem Sterblichen ausgetrickst. So hatte er sich den Rückweg nicht vorgestellt! Fieberhaft überlegte er, wie er die Reisetasche loswerden konnte und in Mr. Richstones Hals reinbeißen konnte.
Mr. Richstone blieb stehen, wischte sich den Schweiß von der Stirn und sah hinauf zum Schloß. Plötzlich stieß er einen Juchzer aus und klatschte sich vergnügt auf den rechten Oberschenkel: „I have a great idea, yeah, die beste des Jahrhunderts!“
Dann kicherte er albern, hüpfte einmal im Kreis herum und hängte sich wieder bei dem Vampir ein.
Der ist verrückt, dachte Eduard und beschloß sogleich, ihn lieber nicht zu beißen.

Kurz darauf standen sie vor dem Schloß. Mr. Richstone sah die vielen Risse in der bröckelnden Schloßmauer, die geheimnisvolle Schatten warfen. Ein kräftiger Wind pfiff um das Gemäuer, ließ die Balkongitter zittern und warf die Fensterläden auf und zu. Mr. Richstone war begeistert. Genau so hatte er sich ein Spukschloß immer vorgestellt. Dieser alte Kasten würde pures Gold abwerfen.
Sie polterten über die morschen Bohlen der Zugbrükke, die plump und schwer über dem mit Unkraut zugewucherten Schloßgraben hing. Am Eingangsportal hing eine kleine Laterne und schaukelte heftig im Wind.
Mr. Richstone klopfte, und kurz darauf hörten sie Schritte, die sich dem Eingangsportal näherten. Quietschend sprang eine kleine Klappe auf, und im flackernden Licht der kleinen Laterne erschien Charles Totenkopfgesicht.
Mr. Richstone erschrak, aber gleich hatte er sich wieder gefaßt und lachte schallend.
„This is very good!"
Erstaunt zog Charles, der alte Schloßkastellan, seine dünnen Augenbrauen in schwindelnde Höhe und fragte mit näselnder Stimme: „Wie ist der werte Name mein Herr, wenn Sie mir gestatten, diese Frage zu stellen?"
„Richstone! Mr. Richstone aus Amerika!"
„Oh, Mr. Richstone, treten Sie ein! Graf Archibald erwartet Sie seit geraumer Zeit!"
Knarrend sprang die Tür auf, und Eduard war froh,

die Reisetasche endlich loszuwerden. Er drückte sie Charles angewidert in die Hand.
„Oh, Graf Eduard, auch schon zurück, wenn Sie mir gestatten, dies zu bemerken! Aber Sie sollten ...“
„Ach, laß mich in Ruhe“, schimpfte der Vampir und eilte mit quietschenden Turnschuhen davon.
Charles seufzte, verbeugte sich vor dem Gast und atmete tief durch: „Bitte folgen Sie mir!“
Neugierig sah sich der Amerikaner um. Sie befanden sich in einem großen, finsteren Korridor. Der Widerschein des Kerzenlichtes zuckte über die Wände. Genau wie sein Äußeres wirkte auch das Innere des Schlosses reichlich schäbig.
„Gibt es hier Ratten und Mäuse?“
„Selbstverständlich“, Charles Stimme klang genauso, als wenn man ihn gefragt hätte, ob er sich auch die Zähne putze.
„Wir haben sogar Fledermäuse einer ganz besonderen Gattung: Taphozous nudiventris, die nacktbäuchigen Grabflatterer. Wußten Sie, daß sie zu der Familie der Glattnasen gehören, nein? Graf Eduards Lieblingsfledermaus ist im Moment schwanger! Sie verstehen? Sie bekommt bald Junge!“
„Graf Eduard ist also ein Verwandter des Schloßbesitzers?“
„Graf Eduard ist ein ...“, Charles hielt nachdenklich inne und sprach dann weiter, „... gewissermaßen ein ... äh ... Urgroßcousin von Graf Archibald!“
Mr. Richstone staunte. Urgroßcousin? So alt hätte er den Motorradfahrer nicht eingeschätzt.

„Für sein Alter wirkt er aber noch ziemlich fit!"
„Selbstverständlich! Leider sind seine Flugkünste nicht mehr so stilvoll wie früher, doch zum Glück hat er kürzlich einen Sturzhelm gefunden. Meiner Meinung nach sollte er aber eine Brille tragen, weil seine Augen nicht mehr die eines jungen Mannes sind. Aber damit kann sich Graf Eduard nicht anfreunden, er ist - nun - sehr eitel!"
„So, so", meinte der Amerikaner gedehnt, weil er nicht wußte, was er mit der Information anfangen sollte, dann fragte er weiter: „Dieser Graf ... Graf ...? Was macht er denn sonst noch?"
„Graf E d u a r d", ergänzte Charles in möglichst vornehmem Ton und seufzte, „Graf Eduard tanzt! Vom Sperrmüll hat er ein altes Grammophon mitgebracht, und nun tanzt er fast jeden Abend. Leider nicht so, wie es seinem Rang gebührt - ein graziöses Menuett nach lieblichen Klängen oder einen Ringtanz geleitet von Spinettmusik - oh, nein! - er tanzt diesen schrecklichen Rock'n'Roll!"
Charles war inzwischen weitergegangen, öffnete die Flügel der Tür zum Speisesaal, und Mr. Richstone eilte hinein.
Es war ein riesiger Saal, dessen Wände mit blinden Spiegeln verkleidet waren. In der Mitte stand eine große, lange Tafel. Die Stühle waren mit Schnitzereien reich verziert, aber die ehemals kostbaren Brokatbezüge wirkten grau und brüchig. Insgesamt zählte Mr. Richstone sieben Gedecke und grinste auf eine Art, die Archibald gar nicht gefallen würde.

„Der Graf ist wohl total crazy“, sagte er langsam, „so viele Leute werde ich nicht durchfüttern, keinesfalls umsonst.“
„Bitte nehmen Sie Platz, Mr. Richstone! Ich werde Graf Archibald von Ihrem Eintreffen berichten!“ Charles verbeugte sich und schlurfte hinaus.

Oben auf der Ahnengalerie traf Graf Eduard auf Kunibert, der sich grimmig in seine Rüstung quälte.
„Guten Abend, Edi! Na, gibt es etwas Neues?“ knarrte Kunibert, der als furchteinflößender Schwarzer Ritter durch die Chronik der Gruftensteiner geisterte.
„Wir haben Besuch!“ brummte der Vampir unfreundlich.
Kunibert war überrascht. Abgesehen von den heimatkundlichen Schloßbesichtigungen, die jeden Dienstag und Freitag von vierzehn Uhr bis fünfzehn Uhr stattfanden, und natürlich Julian, Archibalds Sohn aus erster Ehe, hatten sie schon jahrelang keinen Besuch mehr erhalten.
Es klapperte leise. Im Dunkel der Treppe wurde ein Lichtschein sichtbar, dem sich ein schemenhaftes

Wesen anschloß. Nach und nach nahm das Gesicht Konturen an. Es war Charles, der die Freitreppe herauftappte und einen fünfarmigen Leuchter vor sich her trug.
Charles hüstelte: „Es ist gut, daß ich Sie hier treffe, wenn Sie mir gestatten, dies zu bemerken. Graf Archibald bittet alle Familienmitglieder pünktlich zum Dinner zu erscheinen - und nun gestatten Sie, daß ich mich ..."
„Wir gestatten, wir gestatten!" lispelte Eduard.
Der Alte verbeugte sich und ging auf zittrigen Beinen den Gang entlang. Nach wenigen Schritten hatte ihn die Dunkelheit verschluckt.
„Vielleicht bringt uns dieser Gast Geld?" mutmaßte der Schwarze Ritter und ballte grimmig seine Fäuste. „Aber dann ist Archi fällig! Dann will ich aber eine neue Rüstung haben! Es ist sowieso unter meiner Würde, in dieser rostigen Blechbüchse zu geistern!"
„Du sagst es!" gab ihm Eduard recht. „Ich brauche unbedingt ein neues Cape und Schuhe, von neuen Strümpfen ganz zu schweigen! Übrigens habe ich etwas für dich!"
Erfreut nahm Kunibert die Mundharmonika und blies hinein. Das verrostete Ding heulte schaurig.
Ein heiseres Bellen ließ beide aufhorchen.
Dragomir von Gruftenstein, zu Lebzeiten Eduards Vater, erschien. Gleichzeitig war er Archibalds siebenfacher Urgroßonkel.
Er trug einen zerbeulten Hut, der mit roten und

schwarzen Federn geschmückt war, und seine Füße steckten in braunen Stulpenstiefeln. Sein zerfurchtes Gesicht hatte einen spitz nach vorn zulaufenden Kiefer und wurde von einem grauen Bart eingerahmt, der sein Flohband verdeckte.
Dragomir verwandelte sich in allen Vollmondnächten in einen Werwolf, den es dann heulend in die Wälder trieb. Manchmal wurde er übermütig, und er klaute bei den Bauern Hühner, was ihm schon so manche Schrotladung in den Hintern eingebracht hatte.
Außerdem machte es ihm Spaß, um Mitternacht die Gänse auf dem Blomberger Weiher zu erschrecken und sie kreuz und quer durch das Dorf zu jagen.
Wenn dann der Vollmond im Abnehmen war, wurde er wieder normal und verzog sich in sein Labor.
Dort stand er dann stunden- und tagelang vor seinem eisernen Dreifuß und träumte davon, der berühmteste Erfinder der Welt zu werden, wenn es ihm gelang, endlich das Elixier der Unsterblichkeit zu brauen.
Mal kristallklar, mal quallig, mal blutrot, mal zäh wie Klebstoff waren seine Entdeckungen, die sich leider immer wieder als Fehlproduktionen herausstellten.
Aber nichtsdestotrotz hatte er dadurch so nebenbei viele nützliche Reinigungsmittel erfunden.
Dragomir hielt in seiner haarigen Pranke ein kleines, verstöpseltes Fläschchen, in dem eine blutrote Flüssigkeit schimmerte.
„Eduard", rief er und eilte auf ihn zu, „hier ist ein

wenig Hühnerblut für dich, dann wird es dir bald ein bißchen besser gehen!“
Der Vampir schluckte, nahm jedoch dankbar das Gläschen an sich und steckte es ein.
„Vielen Dank“, flüsterte er verschämt. „Ach, ich kann mich kaum noch daran erinnern, wie es ist, in einen Hals zu beißen! Aber lassen wir das! Gehen wir lieber in den Speisesaal!“
„Oh, mein Bunsenbrenner fackelt noch!“ knurrte Dragomir, drehte sich um und eilte davon.

„Hallo, Darling“, hauchte Cynthia, stieg aus ihrem Bilderrahmen über dem Kamin und schwebte zu Archibald von Gruftenstein, ihrem Verlobten. Liebevoll streichelte sie über sein schütteres Haar.
Archibald, mit schmalem Gesicht und scharfer Hakennase, trug eine ausgebeulte Kordhose, ein blütenweißes Hemd, darüber ein Jackett mit Lederflicken an den Ärmeln und, weil er gerade unbezahlte Rechnungen sortierte, Ärmelschoner.
Er seufzte und ratschte ein Kuvert nach dem anderen auf.

„Sind das Rechnungen?“ flüsterte sie und setzte sich auf die Lehne des Stuhls.
„Natürlich!“ knurrte er. „Wir bekommen nur Rechnungen. Vom Psychologenverband, vom Verein der Briefmarkenfreunde, vom Fleischer, vom Kosmetikversand! Was? Kosmetikversand New Face?“
Er strich sich über die Stirn.
„Wer zum Teufel hat eine schnellwirkende Super-Regenerations-Night-Cream für zweihundert Mark bestellt?“
„Ich!“
„Du? Für was brauchst du so etwas?“
„Für dich mein Lieber! Ich möchte mir meinen totenbleichen Teint so lange wie nur irgend möglich erhalten!“
Brummend stapelte Archibald das Schreiben zu den anderen unbezahlten Rechnungen.
Aufmerksam hatte Countess Cynthia Archibalds Schreibtisch inspiziert.
Mit spitzen, bleichen Fingern nahm sie einen rosafarbenen Bogen zur Hand.
„Ist das auch eine Rechnung?“ argwöhnte sie.
„Nein, der Brief ist von Monika, meiner geschiedenen Frau!“ entgegnete Archibald nervös.
„Julian wird zu uns ziehen! Er versteht sich mit ihrem neuen Mann nicht besonders gut!“
„Sieh an, sie hat geheiratet!“ spöttelte Cynthia boshaft.
„Bitte lassen wir das!“ lenkte Archibald schnell ab und nahm ihr den Brief aus der Hand.

Countess of Poison war zum Kamin gegangen und wollte mit einer gebieterischen Handbewegung das Feuer erlöschen lassen.
„Bitte nicht“, tadelte er.
„Es ist so kalt draußen, dazu noch deine Nähe, die mich sowieso frösteln macht ...“
„Willst du damit sagen, daß du in meiner Gegenwart frierst?“
Cynthias bleiches Gesicht wirkte fast durchscheinend. Sie spielte mit ihren roten Locken, und ihr langes, rotes Kleid bauschte sich um ihre hübsche Figur, und der hohe, spitze Hut mit dem wehendem Schleier zitterte.
Archibald wurde es ungemütlich. Countess Cynthia of Poison war als die Rote Gräfin und berühmteste Giftmischerin ihrer Zeit in die Chronik von Gruftenstein eingegangen. Und sie war unberechenbar.
„Mmh, so war es nicht gemeint“, sagte er mit belegter Stimme und rollte die Ärmelschoner herunter.
„Manchmal vergesse ich eben, daß ich mit einem Geist verlobt bin ...“
„... und ich die Wärme schlecht vertrage. Sie beeinträchtigt meine Energie erheblich!“ vollendete Cynthia seinen Satz.
Archibald füllte zwei Gläser mit Mineralwasser, spritzte etwas Zitronensaft dazu und ließ Eiswürfel hineinplumpsen. Galant reichte er seiner Verlobten das Glas.
„Cheers, Darling“, prostete Cynthia. Sie nahm einen Schluck und nörgelte: „Archi, du mußt unbe-

dingt meinen Bilderrahmen restaurieren lassen! Das laute Ticken der Holzwürmer stört erheblich meinen Tagesschlaf, zudem muß ich Nacht für Nacht über diese ekeligen Kreaturen steigen!"
Archibald nickte gottergeben und trank mit einem einzigen Schluck sein Glas leer: „Na gut! Komm, Cynthia, Charles hat die Tafel gedeckt. Der Gast wird sicherlich bald eintreffen."
„Ein Gast! Julian?"
„Aber Cynthia, Julian kommt doch erst, wenn ich ihm ..."
„... das Fahrgeld schicke! Ach Archi, warum sind die Gruftensteins nur so arm?"
„Meine Liebe, wir sind schon seit über 250 Jahren arm. Wenn wir nicht die Schloßbesichtigung hätten, dann würden wir wahrscheinlich nicht mehr existieren, und die Sache mit meinen psychologischen Büchern ..."
„... ist auch nicht gerade einkömmlich!" ergänzte sie praktisch, lächelte und schlug vor: „Vielleicht solltest du etwas anderes schreiben? Etwas, das einträglicher ist? Neulich, da hat einer der Schloßbesucher ein paar Illustrierte liegen lassen, erinnerst du dich? Da waren recht interessante Artikel drin!"
„Ich erinnere mich! Aus einer hast du wohl auch die Adresse vom Kosmetikversand New Face ...?"
„Ganz recht, Archi! Es ging in den Artikeln, die ich meine, um Reisen. Die Menschen scheinen das zu mögen. Sie fahren unheimlich gerne in der Welt herum. Ich finde, du solltest irgendeinen Reiseführer

schreiben, vielleicht über Burgen? Was hältst du davon? Jedenfalls bringt das in der heutigen Zeit jede Menge Geld!"
„Was?" Archibalds Weltbild wankte, „Cynthia, ich kann doch nicht über etwas schreiben, von dem ich keine Ahnung habe. Außerdem interessiert mich das Thema ganz und gar nicht. Ich bin ..."
„Empört! Das darfst du auch, Archilein, aber Geld regiert die Welt!" säuselte sie und genoß es, daß sie ihn aufgebracht hatte.
Hart stellte er sein Glas ab und sagte energisch: „Ich schreibe bestimmt keinen Reiseführer - und noch etwas: Nenn' mich nicht immer Archi! Du weißt, ich mag das nicht!"
„Ich weiß, ich weiß!" lächelte die Countess. „Wer ist denn nun dieser geheimnisvolle Gast?"
„Du wirst gleich die Ehre haben, ihn zu begrüßen!"
„Dann wollen wir ihn nicht warten lassen. Nun komm schon, Darling, und paß' auf, daß du dir nicht wieder deine Glatze anschlägst!"
„Cynthia!" entrüstete er sich, und sie schenkte ihm ein zuckersüßes Lächeln.
„Nun komm schon Archi...bald!"
Arm in Arm gingen Archibald und Cynthia die Freitreppe hinunter, als sie Dragomir begegneten.
„Hallo, Dragomir! Schön, daß du so pünktlich bist!" begrüßte ihn Archibald.
„Wir haben heute einen Gast!" fügte Cynthia hinzu.
Dragomir wurde aus seinen Gedanken gerissen und zog unwillig seine dicken Augenbrauen zusammen.

„Einen Gast? Meine Güte, man hätte mich doch davon unterrichten können!“ knurrte er. Drohend hob er seinen haarigen Zeigefinger: „Wenn er uns Geld bringt, dann bin ich diesmal als erster dran! Ich brauche unbedingt einen neuen Bunsenbrenner!“
„Und ich ein Feuerzeug! Ständig verbrenne ich mir die Finger!“ vervollständigte von hinten eine krächzende Stimme die Liste der Forderungen.
Archibald von Gruftenstein stöhnte und strich sich über das schüttere Haar.
Agatha di Horribili, eine Tante unklarer Herkunft, wie die Familienchronik wußte, soll zu Lebzeiten eine wunderschöne Baronessa gewesen sein, die sich jedoch der Hexenkunst verschrieben hatte. Sie war in ein kunterbuntes Gewand gehüllt, und auf dem Kopf trug sie ein turbanähnliches Gebilde, das in der Mitte mit einer Hutnadel befestigt war.
Hinkend und barfüßig stützte sie sich auf ihren Handstock, dessen goldener Knauf schon schadhafte Stellen hatte.
Sie bat Dragomir, den Stock zu halten und fischte mit spinnendünnen Fingern in ihrer Rocktasche nach einer Zigarre. Umständlich zündete sie sie an.
„Ich brauch' neue Zigarren. Achte aber das nächste Mal auf bessere Qualität! Diese hier schmecken wie Stroh!“
Lauernd sah sie Archibald an.
Dieser beherrschte sich mühsam und preßte hervor: „Sobald es meine Mittel erlauben, werde ich dir Zigarren mit Goldrand kaufen!“

Ein flackernder Lichtschein tanzte den dunklen Flur entlang, begleitet von knochigem Geklapper.
„Zu Diensten! Ihr Gast, Mr. Richstone, ein etwas lauter Typ ohne jegliche Kinderstube, wenn Sie mir diese Bemerkung gestatten, ist inzwischen eingetroffen! Ich habe ihn gebeten, im Speisesaal auf die Herrschaften zu warten!“ sagte Charles.
Agatha kicherte diabolisch und meinte: „Ein Gast ohne Manieren, hi, hi! Das verspricht ein amüsanter Abend zu werden!“

„How do you do!“ polterte Mr. Richstone los, als die Gesellschaft den Speisesaal betrat. Die Äuglein in dem feisten Gesicht glänzten regelrecht in erwartungsvoller Vorfreude.
Schmatzend drückte er Cynthia einen Kuß auf die bleiche Hand. Archibald begrüßte er mit einem derben Handschlag, so daß dieser schmerzlich das Gesicht verzog. Agatha kicherte amüsiert.
„Mr. Richstone, nehme ich an!“ bemerkte Archibald säuerlich.
„Genau der bin ich, Sie haben das Vergnügen!“

Mr. Richstone hakte seine Daumen unter seine Hosenträger und ließ sie schnalzen.
In diesem Moment betraten Kunibert und Eduard den Raum. Mr. Richstone grinste breit, als er den Vampir erkannte.
Archibald quetschte sich ein Lächeln ab: „Darf ich Ihnen die Mitbewohner des Schlosses vorstellen? Countess Cynthia of Poison, meine Verlobte, meine Tante, Baronessa di Horribili, mein Cousin Kunibert von Gallersleben, mein Onkel Dragomir von Gruftenstein und Eduard, sein Sohn!"
Mr. Richstone starrte alle mit glasigen Augen an und knuffte dann Eduard vertraulich in die Seite: „Na, wie geht es ihrer schwangeren Fledermaus? Hat sich der Nachwuchs schon eingestellt? Hä, hä!"
Der Vampir beugte sich leicht vor, starrte Mr. Richstone aus blutrot unterlaufenen Augen an und bleckte seine herrlichen Fangzähne.
„Ihre Zähne sind phantastisch. Ein solches Gebiß kostet in Amerika ein Vermögen!"
Eduard knackste förmlich zusammen. Die Zeit, in der Vampire gefürchtet wurden, war anscheinend endgültig vorbei. Er lispelte und verhaspelte sich beinahe: „Ich bin in der glücklichen Lage, daß ich noch jeden Zahn ..."
„Bitte alle zu Tisch!" unterbrach ihn Archibald.
Charles klapperte um die festlich geschmückte Tafel. Mit grandioser Würde goß er aus einer - mit einer weißen Serviette umhüllten - Mineralwasserflasche die Champagnerkelche voll.

Dann entfernte er die Hauben der silbernen Schüsseln. Blutwurstbrötchen, liebevoll mit Petersilie garniert, kamen zum Vorschein.
Dank Dragomirs Erfindungswut, die ein phantastisches Silberputzmittel hervorgebracht hatte, glänzte und funkelte das Familiensilber geradezu.
Verblüfft griff Mr. Richstone nach seinem Glas. Arme Aristokraten, dachte er, aber sie haben Stil. Selbstverständlich würde im sündhaft teuren Preis für einen Geister- und Gruselurlaub in seinem Hotel echter Champagner garantiert mit drin sein.
Eduard zog sein Glas zu sich heran und schüttete den Inhalt von Dragomirs Fläschchen hinein.
„Was ist das?" fragte Mr. Richstone neugierig.
„Hühnerblut! Leider! Ich steh' mehr auf Menschenblut! Am liebsten Blutgruppe Null, und wenn der Rhesusfaktor dabei noch negativ ist ...", Eduards Fangzähne traten deutlich hervor, „... dann ist das wie das Salz in der Suppe! Möchten Sie auch ein bißchen?"
Höflich hielt er Mr. Richstone das Fläschchen hin.
Mr. Richstone wurde blaß. Nach einem Moment der Todesstille kreischte er aber plötzlich los: „Ein Gag! Ein Supergag!"
Er hakte seine Daumen unter seine Hosenträger und ließ sie schnalzen: „Im übrigen, Archi, war ich absolut dagegen, daß Ihre Verwandten weiter im Schloß bleiben, aber jetzt ...", begeistert schlug er sich auf die Oberschenkel, „... aber jetzt! Meine Damen und meine Herren! Sie sind engagiert! Alle!"

„Engagiert?“ krächzte Agatha. „Um Himmels willen, Archibald, was meint der Signore damit?“
„Archi! Was hat das zu bedeuten?“ Cynthias Augen leuchteten giftgrün.
„Tja, meine Damen, meine Herren! Jetzt heißt es work and work again! Aber keine Angst ich werde natürlich für Verstärkung sorgen und mehr Personal einstellen!“
Eduard verschluckte sich, Kuniberts Visier fiel herunter, und Charles klapperte nicht mehr.
Agatha blieb stumm, und Dragomir hechelte nur leise vor sich hin.
„Wir sollen arbeiten? Wir, die Grafen von Gruftenstein, sollen arbeiten?“
Archibald trocknete sich mit seinem Taschentuch den kalten Schweiß von der Halbglatze.
Die Augen von Mr. Richstone glitzerten tückisch. Er beugte sich zu ihm herüber, ließ seine Hosenträger schnalzen und fuchtelte mit dem Zeigefinger vor Archibalds Nase herum.
„Richtig! Ich werde aus diesem Steinbruch ein Hotel machen. Etwas was es noch nie gegeben hat: Ein Gruselhotel!“
„Ein Hotel? Tag und Nacht Gäste! Mir reichen schon die Schloßbesichtigungen!“ jammerte Archibald.
Die anderen nickten zustimmend.
Der Amerikaner lehnte sich zurück, zog an seiner Zigarre und blies Agatha den Rauch ins Gesicht.
„Was ist Schlimmes dran? Es wird sich kaum etwas ändern. Es bleibt alles wie bisher! Keinen Ärger mit

der Baubehörde und dem Denkmalschutz, und außerdem biete ich Ihnen drei Prozent Gewinnbeteiligung! Na, was sagen Sie jetzt?"
Sie sagten nichts.
Mr. Richstone ignorierte das entsetzte Schweigen, stand auf und erklärte stolz: „Ich sehe schon die Prospekte! ‚Richstones Gruseltours!' Isn't it great? Sie müssen wissen, wir Amerikaner sind sehr romantisch. Wir bezahlen gerne viele Dollars für strange things!"
Der kleine Amerikaner stand auf, hakte seine Daumen unter die Hosenträger und ließ sie schnalzen: „Ich stelle mir das so vor: Service von Sonnenuntergang bis Sonnenaufgang. Natürlich ein wesentlich besseres Essen. Aber nur keine Aufregung! Es gibt genügend Fertigmenüs, die in der Mikrowelle heißgemacht werden können! Das ist so easy, das kann sogar ein Gespenst!"
Er lachte schallend: „Und Sie haben nichts anderes zu tun, als Ihr persönliches Outfit beizubehalten und dreimal pro Woche, immer im Wechsel mit den anderen Geistern, ein wenig die Gäste zu verwirren! Bei der richtigen Beleuchtung - mit ein bißchen Trokkeneis und diversen Hintergrundgeräuschen - ist das ein Babyjob!"
Er genoß die verblüfften Gesichter und fischte aus seiner Brusttasche einen Terminkalender: „Übermorgen werden wir Ihre Auftritte proben! Sobald es dunkel wird, treffen wir uns in der Ahnengalerie. Und noch was: Ich werde ungemütlich, wenn ich warten muß!"

Sein Gesicht war mit einem Schlage voll eisiger Höflichkeit.
„Junger Mann", schnaubte die Baronessa, „wir sind es gewohnt, daß man auf uns wartet!"
„Da gebe ich dir völlig recht, meine Liebe!" unterstützte sie Dragomir.
„Wir tanzen nicht nach jedermanns Pfeife!"
Mr. Richstone griente: „Sie sollen auch nicht tanzen, sondern dreimal pro Woche spuken, okay? Und nun möchte ich mich noch ein bißchen umsehen, bevor ich schlafen gehe!"
Archibald knirschte mit den Zähnen: „Natürlich, wenn Sie es wünschen. Charles, zeigen Sie bitte Mr. Richstone alles, was er zu sehen begehrt, und führen Sie ihn in den dunkelblauen Salon, dort kann er nächtigen!"
Kaum hatte Charles den Amerikaner hinausbegleitet, als ein unmutiges Stimmengemurmel einsetzte. Die Baronessa di Horribili klatschte in ihre knochigen Hände.
„Ich bitte um Gehör! Archibald, du bist uns über diese eigenartigen Vorkommnisse Rechenschaft schuldig! Wir sollen arbeiten? Archibald, ist das dein Ernst?"
„Wir sollen tatsächlich arbeiten und unser Dasein wie ganz gewöhnliche Dienstboten fristen?" jammerte Kunibert und schaute kummervoll vor sich hin.
„Das wird es wohl sein!" nuschelte der Vampir aufgebracht. „Bin ich ein Gaukler, der für ein paar Tröpfchen Blut Kunststückchen vorführt, hä?"
„Ganz meiner Meinung!" gab ihm Dragomir recht.

„Wir, die Grafen von Gruftenstein, haben niemals gearbeitet! Niemals! Wir sind zum Repräsentieren geboren, aber nicht für Arbeit!“
„Nun, Archi“, hauchte Cynthia, „was hast du dazu zu sagen?“
Archibalds Gesichtsfarbe war fahl geworden. Er knetete seine Hände, bis sie knackten: „Was wollt ihr denn? Unser Schloß ist bis unter die letzte Zinne restlos verschuldet!“
Agatha paffte gelangweilt blaue Rauchkringel in die Luft. „Das ist doch nichts Neues!“
„Das war doch schon zu meiner Zeit so!“ nörgelte Dragomir.
„Eben“, schloß sich ihm Eduard an. „Und ich habe es schon völlig verschuldet übernommen. Trotzdem haben wir gut gelebt - und zwar mit echtem Champagner. Ich brauchte nicht in die Hälse streunender Katzen zu beißen oder mich mit Hühnerblut zu begnügen!“
„Warum drohen wir den Gläubigern nicht mit dem Verließ, oder noch besser, wir drohen ihnen mit der Folterkammer und einer hochnotpeinlichen Befragung!“ klapperte Kunibert.
„Ja, ja, ich weiß!“ stöhnte Archibald. „Doch die Zeiten haben sich geändert. Was glaubt ihr, was das Finanzamt mit mir machen würde, wenn ich die Steuern nicht bezahle? Die würden mich ins Verließ werfen und hochnotpeinlich befragen!“
„Am liebsten würde ich diesem Dicken an die Kehle springen!“ bellte Dragomir, dessen Kiefer immer

mehr nach vorne rückte und der sich mittlerweile werwolfsähnlich verändert hatte.
„Bitte, bitte, beruhige dich mein Lieber“, besänftigte ihn Agatha. „Es ist erst übermorgen Vollmond!“
Cynthia stand auf. Sie lächelte hintergründig und hauchte: „Warum spielen wir nicht einfach mit? Wir geistern doch sowieso! Dann sind eben noch ein paar andere dabei. Und außerdem bekommen wir noch Geld dafür! Dann stellt sich Archi nicht mehr so an, wenn wir kleine Wünsche äußern!“
„Cynthia“, empörte sich Archibald, „wie kannst du nur so etwas sagen! Ich bin sehr erstaunt!“
„Cynthia, meine Liebe, du hast recht! Ich stimme dir zu!“ Die Baronessa lachte schallend.
„Aber bedenkt doch“, meckerte Kunibert „das heißt doch Nacht für Nacht die Gäste erschrecken! Dann ist es aus mit einem gemütlichen Geisterstündchen!“
„Doch nur dreimal pro Woche! Dann hast du immer noch genügend Freizeit!“ widersprach ihm Cynthia.
„Du schepperst doch sowieso Nacht für Nacht durch das Schloß“, feixte Dragomir.
„Natürlich! Schließlich ist es meine Aufgabe!“ entgegnete Kunibert sauer und stellte seinen Kopf auf den Tisch.
„Und wen erschreckst du? Niemanden! Sogar die Ratten und Mäuse haben sich an uns gewöhnt!“ krächzte Agatha.
Es wurde still, und nachdenklich saßen alle um die große Tafel.
Jeder dachte an all seine unerfüllten Wünsche.

„Bitte sehr, Mr. Richstone! Das ist ihr Gemach!" näselte Charles und zündete die Kerze auf dem Nachttisch an.
Der Raum war groß und mit reich verzierten Holzpanelen verkleidet. Über dem riesigen Bett hing ein Baldachin, dessen Vorhänge von Mottenlöchern so zerfressen waren, daß er eher einem Fischernetz glich.
Charles schlug den Bettüberwurf zurück, und sofort hüllte ihn eine dicke Staubwolke ein. Sorgfältig faltete er die Decke zusammen und legte sie auf die Truhe am Bettende.
Der alte Schloßkastellan hüstelte und rang nach Luft: „Ich bitte, die kleine Unordnung zu entschuldigen, aber wir sind nicht auf Besucher vorbereitet, wenn Sie mir gestatten, dies zu erwähnen! Haben Sie sonst noch einen Wunsch, mein Herr?"
Charles wartet höflich, und als der Dicke den Kopf schüttelte, verbeugte er sich und klapperte hinaus.
Mr. Richstone sah sich um.
Er war nach wie vor begeistert. Das Schloß konnte staubig und spinnwebig sein, es konnte düster und unheimlich sein - je mehr, desto besser - das förderte die Romantik.

Doch bei den Zimmern verstand er keinen Spaß. Da mußte der Komfort stimmen: frische Laken und frische Handtücher. Das war das mindeste, was ein Gast erwarten konnte.
Doch für heute war er todmüde. Er zog sich aus, und kurze Zeit später war er eingeschlafen.

Mit einem kühlen Hauch öffnete sich eine kleine Tapetentür in Mr. Richstones Zimmer.
Dragomir huschte herein, Agatha und Eduard huschten dicht gedrängt hinterher.
Mit dem eingeklemmten Monokel vor seinem rechten Auge sah sich Dragomir neugierig um.
Er entdeckte Mr. Richstones Reisetasche neben dem Bett, aber Agatha, die seinem Blick gefolgt war, untersuchte bereits deren Inhalt.
„Agatha, laß das!" tadelte Dragomir.
„Laß sie doch! Das Gepäck eines Reisenden ist meist sehr aufschlußreich!" sagte Eduard vorwurfsvoll.
Agatha kramte tief in der Tasche und stieß nach erstaunlich kurzer Zeit einen lautlosen, anerkennenden Pfiff aus.

Sie hielt triumphierend eine Kiste bester Havannas in die Höhe und meinte kichernd: „Er ist sympathischer als ich dachte!“
Sie grabschte sich ein halbes Dutzend Zigarren und ließ sie unter ihrem weiten Umhang verschwinden.
„Agatha, man bestiehlt einen Gast nicht!“ rügte Dragomir.
„Ach was! Seht ihn euch an! Er ist gar kein Gast. Nach seiner Pfeife müssen wir in Zukunft tanzen!“
Eduard trat näher an das Kopfende des Bettes. Er kräuselte listig seinen Mund. Langsam beugte er sich über den schlafenden Mr. Richstone und zog vorsichtig den Pyjamakragen beiseite.
„Wä!“ angewidert zog er sich zurück, als er dessen gut gepolsterten Hals sah.
„Seht euch das an! Um nur ein Tröpfchen Blut zu erhaschen, bräuchte ich Fangzähne so lang wie Kleiderbügel!“
Graf Dragomir flüsterte abgrundtief seufzend: „So tief sind wir gesunken! Wir, die Mitglieder einer großen noblen Familie! Wir, die Adligsten der Adligen, müssen für unser Einkommen wie gewöhnliche Sterbliche arbeiten!“

Während sich die drei wieder leise davonmachten, saßen Archibald und Cynthia sich in der Bibliothek gegenüber.
Cynthia lehnte ihren Kopf an die Lehne des Sessels, sah träumend in den Kamin, beobachtete wie die Flammen die Buchenscheite ableckten und wurde immer durchsichtiger.
„Was hast du?“ fragte der Graf.
Ihre kühle, blasse Schulter hochziehend, zischte sie: „Du kannst von Glück sagen, daß ich auf deiner Seite stehe! Eines ist aber sicher, ich mache nur mit wegen Julian!“
„Aber Cynthia, das ist es doch, was ich will! Für uns alle will! Ich will, daß Schloß Gruftenstein nicht verlorengeht!“
Ihre Blicke kreuzten sich.
Herausfordernd warf sie ihre roten Locken zurück, und sie fauchte geradezu: „Und trotzdem ist es eine Zumutung, jawohl! Bis jetzt konnte ich mir meine Opfer aussuchen, aber ...“
„Aber Cynthia, soweit wird es bestimmt nicht kommen!“
Die Countess of Poison stand auf, lehnte sich gegen Archibalds Schulter und sagte schmollend: „Du weißt gar nicht, was es für mich bedeutet, mit einem Menschen verlobt zu sein! Jedesmal, wenn ich dich küsse, bekommst du Schüttelfrost!“
Verlegen drückte er ihre eiskalte Hand.
„Ach, Archi“, sie schwenkte ihre Taktik um und verlegte sich auf's Betteln, „wenn du dich endlich ent-

schließen könntest zu sterben, dann wären wir für immer vereint! Wir ..."
„Cynthia, das geht doch nicht!" jammerte er.
Allein der Gedanke daran jagte ihm eiskalte Schauer über den Rücken.
Cynthia musterte ihn nur geringschätzig, trat an die Wand und stieg in ihren Bilderrahmen.
Geheimnisvoll lächelte sie auf Archibald herunter, der zusammengesunken auf dem Sofa saß und mit einer ermatteten Gebärde seinen Kopf in die Hand stützte.

Charles klapperte die Kellertreppe hinunter. In der Familiengruft, die genau zwischen der Folterkammer und dem Verließ lag, traf er auf Eduard, der in langen Unterhosen und in eine Wolldecke gehüllt auf seinem Sarg saß. Er bürstete und schrubbte seine Turnschuhe.
Seine Kniebundhosen, sein schönes schwarzes Cape, die Ringelsocken und das Spitzenhemd hingen auf der gespannten Wäscheleine.
Charles verbeugte sich: „Herr Graf werden sich er-

kälten, wenn Sie mir gestatten, dies zu bemerken! Wie wäre es mit einem schönen Gläschen Wein?"
Der Vampir nickte erfreut und fragte stirnrunzelnd: „Rotwein? Sagen Sie, Charles, woher haben Sie immer diesen Rotwein?"
„Gretchen Keck bringt mir von Zeit zu Zeit ein paar Fläschchen mit!"
„Ist das nicht unsere alte Haushälterin, die unten im Dorf wohnt?"
„Gretchen ist nicht alt, Herr Graf, wenn Sie mir gestatten, dies zu bemerken! Sie ist wesentlich jünger als ich!" protestierte Charles, drehte sich um und stelzte davon.
Mißmutig warf Eduard die Turnschuhe in eine Ecke. Daran war nicht mehr viel zu retten. Auf bloßen Füßen tapste er zur Folterkammer.
Kunibert sollte ihm den Riß im Cape ausbessern, er war so geschickt in diesen Sachen.
In der ehemaligen Folterkammer des Schlosses hatte Dragomir sein Labor eingerichtet.
Ringsherum standen Tische aufgereiht, beladen mit Dosen und Flaschen, Schläuchen, Phiolen und Bergen von dicken und dünnen Büchern.
Geschäftig schlurfte Dragomir im Halbdunkeln hin und her, einen Schraubenzieher in der rechten und ein Ölkännchen in der linken Pranke.
Auf dem großen Arbeitstisch in der Mitte lag Kunibert - beziehungsweise dessen Rüstung in Einzelteile zerlegt.
Dragomir ölte die Scharniere der Rüstung, beklopf-

te das Blech und zog hie und da eine Schraube fest. Dabei knurrte er böse: „Das ist aber das letzte Mal, daß ich diese alte rostige Blechbüchse reparieren kann!“
Kunibert selbst saß in Unterwäsche auf einem Hokker und stopfte ein Loch in seiner Socke.
Ohne seine Rüstung wirkte er keineswegs wie ein furchteinflößender Schwarzer Ritter - im Gegenteil, er war richtig blaß und mickrig.
Eduard grinste und spöttelte: „Ein Glück, daß wir ein Genie in der Familie haben, sonst käme Kunibert nie mehr aus seiner Rüstung raus! Wann reparierst du endlich den Kühlschrank? Das Mineralwasser war heute fast warm!“ nörgelte er weiter.
Dragomir warf ihm einen kurzen, scharfen Blick zu und arbeitete grimmig weiter.
Plötzlich fuhr er herum und explodierte fast: „Bin ich Klempner oder was, hä? Ständig werde ich bei meinen Experimenten wegen so einem Schnickschnack unterbrochen!“
Damit war Eduard in Ungnade gefallen. Er hatte sich seine Chancen verscherzt, Hilfe beim Flicken seines Capes zu bekommen.
Er wollte schon den Rückzug antreten, als Charles mit einem Tablett und drei Gläsern hereinklapperte: „Wenn Sie gestatten, dann lade ich die Herrschaften auf ein Gläschen Wein ein!“
Entzückt nahmen alle die Gläser und prosteten sich zu. Kunibert machte eine einladende Geste und hielt Charles sein Glas hin.

„Wenn Sie gestatten, ich trinke immer aus der Flasche!“ entgegnete Charles und leerte diese in einem Zug.
„Na, dann Prost! Heute können Sie ganz besonders gut von Gretchen Keck träumen!“ witzelte Eduard.
„Ich träume seit vierzig Jahren von Gretchen!“ seufzte der Alte und senkte leicht verlegen die Augen zu Boden.
„Graf Eduard, ich habe Ihnen gegen eine aufziehende Erkältung eine Wärmflasche in den Sarg gelegt. Vielleicht sollte Sie heute auch ein wenig tanzen, das bringt ihr Blut in Wallung und wärmt auf!“
„Vielen Dank Charles!“ nuschelte Eduard verlegen.
„Ihre Schuhe habe ich geputzt. Ich wünsche den Herrschaften eine gute Nacht!“ Mit diesen Worten klapperte Charles hinaus.
„Auf, auf, in's Särgchen!“ lästerte Dragomir.
„Dein Wärmfläschchen ruft!“ kicherte Kunibert albern. „Aber vielleicht solltest du vorher noch ein Tänzchen mit mir wagen, hä, hä!“
Beleidigt zog Eduard die Decke enger um die Schultern und knallte die Tür zu.

Blomberg, am Fuße des gleichnamigen Berges gelegen, war ein hübsches, gemütliches und gepflegtes Dörfchen mit siebenundvierzig Häusern.
Neben der Kirche war ein Rathaus, ein Gasthof und eine Apotheke. Bäcker und Metzger hatten ihre Geschäfte direkt daneben. Ein Stück außerhalb Blombergs war ein kleiner Bahnhof, an dem Züge aber nur auf Bestellung hielten.
An diesem Morgen herrschte in Blomberg große Aufregung.
In den Geschäften steckten die Blomberger die Köpfe zusammen und tuschelten, und auf dem Marktplatz wurde grüppchenweise erhitzt diskutiert und gestikuliert.
Gretchen betrat Punkt sieben Uhr dreißig die Bäkkerei, um wie immer Brötchen zu kaufen - ein paar für sich und ein paar für die Schloßbewohner. Mit ihrem Eintreten wurde es schlagartig still.
Alle Kundinnen schauten angestrengt nach draußen, als ob es dort etwas Interessantes zu sehen gäbe, nur Frau Schlappkohl, die Gattin des Bürgermeisters, konnte sich vor lauter Neugier nicht zurückhalten: „Na, Grete, was gibt es Neues vom Schloß? Ist der piekfeine Ami immer noch oben?"
„Stimmt es, daß das Schloß schon dem Amerikaner gehört?" forschte Frau Krause, die Frau des Dorfpolizisten, atemlos weiter.
„Ich weiß überhaupt nichts!" antwortete Grete barsch und verließ fluchtartig die Bäckerei.
Sie radelte eilig zurück in den Lerchenweg zu ih-

rem kleinen Häuschen. Kurze Zeit später setzte sie das Kaffeewasser auf, während sie nachdenklich ihre Stirn in Falten zog.
Sie war nunmehr seit mehr als vierzig langen Jahren der dienstbare Geist von Gruftenstein. Mehr als jeder andere wußte sie über die Schloßbewohner Bescheid, kannte Graf Archibald schon als kleinen Jungen, Julian, seinen Sohn und Monika, dessen erste Frau. Dreimal pro Woche war sie im Schloß, putzte und kaufte ein.
Was wollte dieser Amerikaner?

Mißmutig saß Archibald Mr. Richstone gegenüber: „Wo sind denn Ihre Leute? Haben sie heute frei?"
Nervös tippte Archibald seine Fingerspitzen aneinander und suchte nach den richtigen Worten.
„Mr. Richstone, ich weiß nicht, wie ich es Ihnen erklären soll ..., aber meine Verwandten sind schon recht alt und ..., nun ..., Geschöpfe der Nacht ..."
Der Amerikaner nickte begeistert: „Verstehe, sie sind Langschläfer!"
Archibald schüttelte den Kopf, überlegte und ant-

wortete dann vorsichtig: „Nun, ja, Langschläfer, eventuell könnte man das auch so nennen!"
„Aber das ist doch ideal! Der Job, den sie verrichten müssen, verlangt sowieso eine gewisse Flexibilität! Also ...", der Amerikaner rieb sich vergnügt die Hände, „der eine in der Rüstung ..."
„Kunibert", ergänzte Archibald.
Mr. Richstone sprach bereits weiter: „... und der andere, der mit dem phantastischen Gebiß ..."
Archibald lächelte: „Sie meinen gewiß Eduard!"
Der Amerikaner nickte und fuhr fort: „Sagen Sie Archi, die barfüßige Baronessa und dieser haarige Graf, sagen Sie, sind die harmlos?"
„Harmlos?"
„Ja, man sieht doch, daß sie ...", Mr. Richstone machte eine kreisende Handbewegung auf seiner Stirn, „Sie wissen schon!"
Graf von Gruftenstein schloß gequält die Augen und wußte nicht, was er dazu sagen sollte.
Doch der Dicke sprach unbeirrt weiter: „Man könnte sie wirklich für Gespenster halten! Übrigens wo ist Ihr Telefon? Ich muß noch einiges organisieren!"
„Wir haben natürlich einen Anschluß, aber seit einiger Zeit ..."
„Verstehe! Das liebe Geld! Nun, Archibald das wird sich alles bald ändern."
Mr. Richstone grinste und zeigte auf Archibald.
„Sie werden natürlich die Rezeption übernehmen!"
„Ich?"
„Natürlich! Ein echter Graf am Empfang! Die Tou-

risten werden begeistert sein! Und noch was, die Handtücher und die Betten müssen auf alle Fälle frisch und sauber sein, und es ist Ihre Aufgabe, daß auf den Toiletten immer genug Papier liegt, verstanden?"
„Mr. Richstone! Was erlauben Sie sich!"
Graf Archibald war empört, aber der Amerikaner wischte mit einer unwilligen Handbewegung jeden Einwand weg und stand auf.
„Auf alle Fälle wird in der Rezeption noch ein Kaugummiautomat angebracht, und die Musikbox steht am besten in der Familiengruft, da ist sogar genügend Platz zum Tanzen! Was sagen Sie dazu?"
Archibald probierte ein Lächeln.
Nur mit Mühe brachte er heraus: „Welch eine Vorstellung!"
„Und eine Kellerbar wird auch noch eingebaut!" schloß Mr. Richstone seine begeisterten Ausführungen ab. Mit einer lässigen Handbewegung verabschiedete er sich und spazierte zum Dorf hinunter. Zwecks besserer Organisation wollte er sich lieber an Ort und Stelle, und zwar in der Kneipe ‚Zum fröhlichen Hirsch', die Rudi Stunk gehörte, einquartieren. Nach einem guten und - nach amerikanischen Maßstäben gemessen - reichlichen Essen, versetzte er die Blomberger in emsiges Treiben. Er telefonierte, bestellte, wickelte ab. Die Dorfbewohner standen um die Gaststätte ‚Zum fröhlichen Hirsch' und äugten durch die Fensterscheiben.
Von den Geschäftsleuten abgesehen, kam allen

Blombergern die Verwandlung ihres gemütlichen Dörfchens in einen Tummelplatz für Touristen sehr ungelegen.
Bereits am frühen Nachmittag kam ein Lieferwagen der Dekorationsfirma Färbel & Co. vor der Gaststätte von Rudi Stunk an, der wäschekorbweise die bestellten alten Schwerter, auf antik getrimmte Plastik-Duellpistolen, verschlissene Netze, mit künstlicher Patina versehen Bilder und Kleidungsstücke von den letzten Blomberger Freilichtfestspielen des Melodramas ‚Die Rote Gräfin und ihr tragisches Ende' ablud.
Mr. Richstone war begeistert.
Er beauftragte einen Elektriker, sich um die Stromversorgung im Schloß zu kümmern und benachrichtigte einen Tischlermeister und einen Glaser.
Gleich im Dutzend bestellte er Mikrowellen und Kühlschränke, einen Geschirrspüler, massenhaft Getränke und Fertiggerichte, Bettlaken, Handtücher und Kilometer von Toilettenpapier.
Dazu wurden auch noch zwei Putzfrauen aus dem Dorf fest engagiert.
Am späten Nachmittag trafen Sabine, Sebastian und Klaus, drei Mitglieder vom Studentenhilfsdienst, als Aushilfgespenster ein.

Eine Werwolfumwandlung ist keine einfache Angelegenheit, und Dragomir rannte in der Nacht in der ehemaligen Folterkammer unruhig hin und her, heulte herzzerreißend und knurrte gefährlich. Nur widerwillig ließ er sich von Agatha anketten, die mit ihm schimpfte und nörgelte.
„Halt endlich die Klappe, Dragomir! Du weißt genau, daß du erst morgen Nacht los kannst. Bring' aber nicht wieder so viele Flöhe mit!"
Cynthia, Kunibert und Eduard saßen auf dem Sarg und spielten Skat. Charles drehte an der Handkurbel des alten Grammophons vom Sperrmüll, und flotte Charlestonmusik kratzte durch die Familiengruft.
„Achtzehn!"
„Zwanzig!"
„Passe!"
„Also, Jungs, die Hosen runter!" kicherte die Rote Gräfin und spielte ihr Blatt aus.
„Cynthia!" rügte Kunibert. „Einen solchen Ausdruck von einer Dame!"
„Sie mogelt wieder!" fauchte Eduard und warf gekränkt seine Karten zu Boden.
„Ich habe es nicht nötig zu mogeln! Ich kann nur besser spielen!" widersprach Cynthia und verschwand durch die Wand.
„Wie macht sie das bloß? Ich schlage mir jedesmal den Kopf an!" keifte Kunibert eifersüchtig. Eduard nickte neidisch. Er konnte sich zwar von Zeit zu Zeit unsichtbar machen, aber die Fähigkeit, durch Wände zu gehen, stand ihm nicht zu Gebote. Er setzte

seinen Sturzhelm auf und verließ die Familiengruft. Kunibert zog sich Archibalds alten Morgenmantel an und schlurfte in die Ahnengalerie. Seine Rüstung war noch nicht repariert und ohne diese hatte er keine Lust zu spuken.
Er setzte sich auf seine Truhe und spielte ein bißchen auf seiner Mundharmonika, die ihm Eduard kürzlich vom Sperrmüll mitgebracht hatte.
Ärgerlich steckte Archibald den Kopf aus seiner Schlafzimmertür und schimpfte: „Kunibert hör' mit dem Lärm auf! Dein Gestöhne ist schon schauerlich, aber dieses Gedudel ist noch viel schauerlicher! Wenn man nicht spielen kann, dann soll man es lassen!"
Schmollend verzog sich der Schwarze Ritter in seine Truhe und klappte den Deckel zu.

Am nächsten Morgen zog eine Karawane von Blomberg Richtung Schloß: zuerst die drei Studenten in ihrem kleinen 2 CV, dann der Lieferwagen von Herrn Färbel, ihm folgten in ihren Kastenwagen der Elektriker, der Glaser und der Schreiner.

Der große Kombi der Wäscherei Meier sowie die elegante Limousine von Feinkost Dells schlossen sich an, und zum Schluß ratterte der Traktor von Gastwirt Rudi Stunk mitsamt den neuen Putzfrauen und Mr. Richstone.

Im Schloßhof kam alles zum Stillstand.

Sabine, die als erste aus dem Auto herausgeklettert war, klopfte mit dem Eisenring ans Portal und machte einen Höllenlärm, bis endlich Archibald in Schlafrock mit wirren Haaren und verschlafenen Augen vor Sabine stand. Bevor er etwas sagen konnte, tönte es fröhlich ‚Guten Morgen, Herr Graf!', und alle drückten sich an ihm vorbei ins Schloß.

Völlig überrumpelt blickte Archibald mit glasigen Augen auf den Einmarsch, die Hände tief in die Taschen seines Schlafrocks vergraben. Er stand steif wie ein Stock, nur seine Zehen in den Pantoffeln zuckten nervös.

Wie Donnergrollen hörte er Mr. Richstone schreien: „Hi, Archi! Da staunen Sie was? Jetzt geht es rund! Na, was sagen Sie dazu? Übrigens wie finden Sie den Slogan: ‚Gruseltours to Castle Gruftenstein'!"

Jetzt war Archibald wach.

Unsanft in die rauhe Wirklichkeit gezerrt, stand er - nicht gerade standesgemäß bekleidet - zwischen all den Leuten, die rein- und rauswuselten und alle möglichen Dinge anschleppten.

„Mr. Richstone", Archibalds Stimme klang gefährlich leise, „was erlauben Sie sich? Was bedeutet das alles?"

„Archi, Archi! Das ist business! Wir müssen doch die Ankunft der Gäste vorbereiten! Time is money!"
„Aber Sie versprachen meinen Verwandten und mir ausdrücklich, daß sich kaum etwas verändern wird!"
„Später wird sich nichts mehr ändern", beschwichtigte Mr. Richstone Archibald, „aber jetzt muß das Schloß gästereif gemacht werden und ..."
„Wo ist der Sicherungskasten?" rief der Elektriker.
„Im Keller! Den Gang entlang, rechts die fünfte Tür, im nächsten Seitengang die dritte Tür links und die Falltür hochheben!"
„Ist das Verließ auch im Keller!" fragte Tischlermeister Hölzl.
„Natürlich!" sagte Archibald automatisch, rief aber sofort aufgeregt: „Halt! In den Keller können Sie jetzt nicht gehen, weil ..."
„Archi, was soll der Blödsinn!" fiel ihm Mr. Richstone schroff ins Wort, gab den Handwerkern einen Wink, diese nickten und machten sich auf den Weg.
„Aber machen Sie nicht so viel Lärm!" protestierte der Graf.
Ihm war gar nicht gut. Seine Verwandten schliefen noch und er wußte nicht so recht, wie sie auf diese Schlafstörung reagieren würden. Vor allen Dingen Dragomir. Ihm traute er auch tagsüber nicht! Besonders nicht bei zunehmendem Mond!
Mr. Richstone winkte die drei Studenten und Herrn Färbel heran.
„Das hier, lieber Archi, ist die Gruselverstärkung, die unverzüglich angekommen ist. Fräulein Sabine

wird die berüchtigte Rote Gräfin und Giftmischerin spielen! Ist sie nicht großartig? Was sagen Sie dazu?"
„Großartig, Mr. Richstone", dienerte Herr Färbel.
„Ich habe bei den Dekorationen ein schönes rotes Kleid von den letzten Blomberger Freilichtspielen. Wenn Sie dies bitte anprobieren wollen, Fräulein Sabine!"
Archibald wurde es ganz bang. Er dachte an Cynthia, die seit mehr als zweihundert Jahren als Rote Gräfin durch das Schloß geisterte.
„Sebastian kann als Ritter durch die Gänge scheppern, und Klaus gibt doch einen prächtigen Vampir ab!"
Mr. Richstone lachte, hakte seine Daumen unter seine Hosenträger und ließ sie schnalzen. Dann griff er in seine Brusttasche und überreichte Archibald einen Bündel Geldscheine: „Hier ein kleiner Vorschuß auf Ihr erstes Gehalt!"
Der Graf stutzte. So viel Geld hatte er Zeit seines Lebens noch nicht gesehen - geschweige denn besessen.
„Und erinnern Sie Ihre Verwandten an den Termin heute abend!"
„Termin?" stammelte Archibald.
„Die Gruselei muß geprobt werden!" grunzte der Amerikaner und ließ ihn einfach stehen.
„Sabine", brüllte er, „rufen Sie Sebastian und Klaus! Ich zeige Ihnen Ihre Zimmer!"
Archibald drehte sich mit einem Ruck um und eilte in die Bibliothek.

Im Keller suchte Elektriker Storm inzwischen mit der Stablampe nach dem Sicherungskasten.
„Ziemlich unheimlich, was?“ flüsterte er.
Der Tischlermeister schluckte und pfiff eine muntere Marschmelodie.
„Da!“ Der Elektriker hatte den Sicherungskasten gefunden. Er öffnete den Deckel, löste die Blombe und klackte den Hebel herunter.
„War wohl der Strom abgestellt, was?“
„Genau! Aber es war ja bekannt, daß die Herrschaften vom Schloß arm sind!“ entgegnete Herr Storm, schraubte an der Decke eine neue Birne ein und betätigte den Lichtschalter. Gleisendes Licht flutete auf und beleuchtete jede Ecke in der Familiengruft Quer durch den Raum über den Sarg hinweg zog sich die Wäscheleine, auf der Eduard seine Kleider aufgehängt hatte.
„Die Familiengruft!“ hauchte Hölzl verschüchtert.
„Ob da wirklich ein Vampir drin liegt?“
„Glaub' ich nicht. Ich hab' wirklich noch nie gehört, daß ein Vampir seine Wäsche auf einer Leine aufhängt! Die ist sicher vom Grafen! Aber makaber ist das aber schon!“

„Nun gut, Eugen! Leg mal etwas Licht in die Folterkammer, damit ich dort die Kellerbar ausmessen kann!“
„Ist das Verließ nun rechts oder links?“ fragte Hölzl, öffnete die Tür zur Folterkammer und leuchtete mit der Stablampe hinein.
„O weia! Sieh dir das Chaos an! Das schaffe ich nicht allein. Da muß mir jemand helfen, den Schrott rauszutragen! Ich gehe nach oben und hole meinen Gesellen!“
„In Ordnung! Ich lege inzwischen eine Notbeleuchtung!“
Eduard war durch die ungewohnten Geräusche erwacht und hatte das Gespräch der beiden belauscht. Seine Ohren zuckten nervös, und seine Fangzähne traten deutlich hervor.
Er roch Blut, Menschenblut!
Behutsam schob er den Sargdeckel zur Seite und schloß sogleich gequält die Augen!
Licht? Verteufelt noch mal, woher kam das Licht?
Er rieb sich die schmerzenden Augen, kramte schnell unter seiner Bettdecke und zog seine verdunkelte Motorradbrille hervor.
Auf bloßen Füßen schlich er sich hinter Eugen Storm, der so intensiv beschäftigt war, daß er die Gefahr nicht bemerkte. Eduard forschte nach einer günstigen Einbißstelle an dessen Hals.
Er setzte gerade zum Zupacken an, als Mr. Richstone, Sabine, Klaus und Sebastian die Stufen zum Keller hinunterpolterten.

„Tja, und hier drüben wird die Bar eingebaut, dort kommt die Musikbox hin! Also, wie gesagt, Sie gruseln am Montag, Mittwoch, Samstag und Sonntag, ansonsten helfen Sie ..."
Mr. Richstone hielt inne.
Er hatte Eduard entdeckt, der es beinahe noch geschafft hatte, in seinem Sarg zu verschwinden.
Er gluckerte vor Vergnügen und trommelte rhythmisch auf die dicken Oberschenkel: „Hi, Graf! Ist es Ihnen nicht zu kalt?"
Sebastian, Klaus und Sabine grinsten sich gegenseitig an, und Klaus tippte sich an den Kopf.
Eduard blickte gehetzt auf die Ankömmlinge. Seine Gesichtsfarbe wechselte von bleich zu rosableich, und in seinen Augen glomm ein seltsames Licht auf.
Er hatte das junge Mädchen entdeckt - ein junges Mädchen in einem langen, roten Kleid, mit silberblondem, lockig wallendem Haar und blauen, lachenden Augen und - als Krönung - ein schlanker, weißer Hals mit einer sanftbläulichen Ader, die zart pochte.
„Meine Herrschaften, ein echter Graf, yeah! Und hier, Graf, gleich ihre künftigen Kollegen. Das ist Klaus. Stellt er vom Typ her nicht einen großartigen Vampir dar? Sebastian verpassen wir eine Blechbüchse, und diese junge Lady heißt Sabine!"
„Sabine!" flüsterte Eduard mit rauher Stimme, und sein kaltes Herz klopfte laut. Sanft nahm er ihre Hand und hauchte einen Kuß darauf.
Sabine lächelte verlegen.

„Na los, Eduard, ziehen Sie sich endlich was über! Was soll denn die Lady von Ihnen denken?“
Eduards blasse Haut wechselte nun ins beinahe Blutrote. Er hatte nur mit Unterhosen bekleidet einer wunderschönen Frau die Hand geküßt!
Inzwischen hielt Mr. Richstone Eduards Kleidungsstücke vor Klaus hin: „Hier, nehmen Sie das! Es müßte Ihre Größe sein!“
Dann stürzte er sich begeistert auf Kuniberts Rüstung, die Dragomir am Abend zuvor noch repariert hatte.
„Sebastian! Hier ist sogar eine echte Blechbüchse! Lassen Sie sich von Klaus hineinhelfen!“
Die drei jungen Leute sahen sich an und gehorchten. Mr. Richstone hatte sie immerhin engagiert, aber sie wußten nicht, was sie von der ganzen Geschichte halten sollten.

In der Schloßküche war inzwischen Hochbetrieb. Gretchen Keck sah sich verwundert um, als sie das Treiben sah. Der Gas- und Wasserinstallateur reparierte den großen Boiler und setzte den brandneuen

Geschirrspüler in Gang, und Kühlschränke und Mikrowellen wurden emsig hin und her getragen.
Elsa Stunk und Emma Wieland, die neuen Reinemachefrauen, lüfteten die Zimmer und bezogen die Betten. Alle Türen standen offen, und die Zugluft bauschte die Gardinen.
Gretchen seufzte. Jetzt war es aus mit der Gemütlichkeit. Keinen Kaffeeplausch mehr mit Charles und kein Zigarettchen mit Agatha.
Kein gemütliches Zusammensitzen mit Cynthia, der sie von Zeit zu Zeit die Locken gebürstet hatte.
Keine Nachhilfestunden mehr mit Kunibert, dem sie das Stopfen beigebracht hatte, und keine Diskussionen mehr mit Dragomir über die neuesten Erfindungen aus dem Bereich der Flohbänder.
Nur Eduard war sie vorsichtshalber immer aus dem Weg gegangen.
Unschlüssig und ratlos stand sie inmitten der Menschen, als Mr. Richstone auf sie zulärmte: „Sieh da! Sieh da! Noch eine Putzfee? Immer zu! Es gibt genug zu tun! Sie brauchen keine Angst zu haben, daß sie arbeitslos werden! Nein, nein! Wenn Sie nicht putzen wollen, übernehmen sie den Service im Speisesaal! Fünfzehn Mark die Stunde und fünf Mark Nachtschichtzuschlag! Na, ist das ein Angebot?“
Gretchen nickte unwillig. Mr. Richstone ist mir zwar zuwider, aber ein großzügiges Angebot ist ein großzügiges Angebot, dachte sie.
„Du meine Güte, wohin soll das führen?“ murmelte sie und beschloß sich Trost von Charles zu holen.

Sie ging zwei Türen weiter, blieb vor der Besenkammer stehen und klopfte leise an.
„Oh, Gretchen, Sie?“ Charles klapperte aufgeregt.
„Oh, Charles, was soll das alles bedeuten?“
„So viel Mitgefühl für uns, das ist sehr ehrenvoll, wenn Sie mir gestatten, dies zu bemerken! Als alter Schloßkastellan bin ich an außergewöhnliche Dinge gewöhnt! Aber setzen Sie sich doch hier auf die alte Kiste, im Laufe der Zeit wird sich alles geben!“

Archibald saß in seinem Ohrensessel und dachte darüber nach, wie er seine Verwandten, vor allen Dingen Cynthia, künftig beruhigen konnte.
So sehr er sich aber den Kopf zerbrach, ihm fiel nichts ein. Er war in einer Zwangslange, in der ihm die Hände gebunden waren.
Er beschloß, eine kalte Dusche zu nehmen, um einen klaren Kopf zu bekommen. Da seit Jahrzehnten die Warmwasserversorgung nicht funktionierte, war eine warme Dusche sowieso nicht möglich.
Das einzige Badezimmer im ganzen Schloß - von jeher ein Nachteil - lag neben seinem Schlafgemach.

Archibald stieg in die Wanne und drehte an einem der vergoldeten Wasserhähne.
Er biß die Zähne zusammen und wartete auf den ersten, schockenden Kaltwasserstrahl.
Es zischte und blubberte, und dann strömte ein siedendheißer Strahl Wasser auf seine Kehrseite. Archibald hatte sich ja nie die Mühe gemacht herauszufinden, welcher Hahn für warm oder kalt da war.
„Aaah!“ schrie er und fuhr aus der Wanne, rutschte auf dem nassen Boden aus, stolperte und plumpste längelang hin.
Ein heftiger Schmerz glühte in seinem Knöchel auf, und seine verlängerte Rückseite brannte geradezu mörderisch. Ihm wurde übel, und er wollte jetzt nur noch hinaus aus dem Bad. Er humpelte zur Tür, aber in seiner Eile riß Archibald zu heftig am Türknauf und hatte ihn plötzlich in der Hand.
Verzagt ließ er sich auf den Boden gleiten und sah sich um - kein Handtuch, geschweige denn sein Bademantel, war da.
Archibald stöhnte auf! So splitterfasernackt war das absolut unstandesgemäß.
Als er fühlte, daß die Schmerzen stärker wurden und seine Kräfte nachließen, fiel sein Blick auf das Toilettenpapier.
Er zog sich über den Boden, um sich wenigsten mit Papier zu umwickeln, aber seinen zitternden Händen entfiel die Rolle und er verhedderte sich total im Papier.
Es war zum Verzweifeln.

In diesem Moment öffnete sich mit einem Ruck die Badezimmertür, und Elsa Stunk und Emma Wieland kamen angeregt schwatzend herein. Sie sahen Archibald und ließen unter lautem Gekreische die frischen Handtücher fallen.
Archibald wurde knallrot, versuchte krampfhaft mit Papier seine Blöße zu verdecken und stammelte vor lauter Verlegenheit: „Bitte, bitte, meine Damen ..., ich kann ..., ich will ..., nun ..., mir ist ein kleines Mißgeschick passiert. Ich ..."
„Beruhigen Sie sich, Herr Graf, wir haben schon einmal einen nackten Mann gesehen, kommen Sie, wir bringen Sie ins Schlafzimmer!" schmunzelte Elsa Stunk hinter vorgehaltener Hand.
„Hier, Herr Graf! Damit können Sie sich bedecken!" Emma Wieland reichte dem Grafen den Schlafrock und lachte schallend.
„Bitte schicken Sie nach Mr. Richstone!" meinte Archibald schwach, als er in seinem Bett lag.
„Wird gemacht, Herr Graf!" versprach Elsa Stunk, und schwatzend und kichernd verließen die beiden Frauen das Schlafgemach.
Archibald tat sich selbst unendlich leid.
Nun war er der Gesprächsstoff der nächsten Tage für die Blomberger. Sie würden sich über ihn ihre Mäuler zerreißen.
Mit geschlossenen Augen ließ er sich in die Kissen zurücksinken, als die Tür sperrangelweit aufgerissen wurde.
„Archi, Archi! Was ist passiert? Wie ist das passiert?

Haben Sie Schmerzen? Werden Sie bald wieder fit sein?“ Mr. Richstone kicherte albern und ließ sich auf die Bettkante plumpsen.
Archibald blieb vor Schmerz fast die Luft weg.
„Archi, machen Sie sich keine Sorgen. Ich habe Ihnen gleich Sebastian mitgebracht. Er ist Medizinstudent im achten Semester. Sebastian!“
Sebastian lächelte verlegen und untersuchte sachkundig den gräflichen Knöchel: „Auf alle Fälle gebrochen, Sie müssen ins Krankenhaus, Herr Graf. Röntgen, Gipsverband, Bettruhe, ...!“
„Na gut!“ niedergeschlagen stimmte Archibald zu und stutzte. Die Adern auf seiner Stirn schwollen an: „Woher haben Sie die Rüstung? Mein Vetter wird ...“
„... wird sie bald wiederbekommen! Beruhigen Sie sich. Wir haben sie aus der Rumpelkammer im Keller ausgeräumt. Zusammen mit dem anderen Zeug. Es wurde aber nichts weggeworfen. Alles wurde ordentlich in Kartons verpackt. Aber so beruhigen Sie sich doch. Herr Färbel wird in den nächsten Tagen eine zweite Rüstung aus dem Heuchlinger Theaterfundus organisieren!“
Mr. Richstone stand auf, hakte seine Daumen unter seine Hosenträger und ließ sie vergnügt schnalzen.
Archibald hatte keine Schmerzen mehr.
Dragomir, schoß es ihm durch den Kopf, Dragomir wird mir die Kehle durchbeißen, mich rupfen wie ein Hühnchen, mich pfählen und als Abschreckung vor das Schloß stellen.
Da half nur noch Flucht! Flucht ins Krankenhaus.

In der Notaufnahme des Städtischen Krankenhauses in Heuchlingen staunte man nicht schlecht, als Sebastian in quietschender Rüstung an der Pforte stand.
„Waren Sie auf einer Feier? Haben Sie etwas getrunken?“ forschte Dr. Funzel.
„Natürlich nicht, Herr Doktor! Ich bin doch nicht verletzt. Im meinem Auto liegt Graf Gruftenstein! Er hatte einen kleinen Unfall! Wahrscheinlich ist etwas gebrochen!“
Dr. Funzel gab den Pflegern einen Wink, die sogleich mit der Trage zu Sebastians Auto eilten und Archibald herausholten. Nach der Untersuchung fragte der Arzt: „Wie ist das denn passiert? Sie haben ja sogar Verbrennungen ersten Grades!“
„Ich bin beim Duschen ausgerutscht!“ gestand Archi kleinlaut.
„...und haben sich den rechten Knöchel gebrochen! Aber alles ganz glatt! Doch Sie müssen auf jeden Fall hierbleiben! Röntgen, Gips, Bettruhe et cetera... Auf Zimmer Zehn liegen drei nette Männer. Einer schnarcht zwar ziemlich, aber ich schätze, daß es Sie in ein oder zwei Tagen nicht mehr stören wird!“

„Ich muß hierbleiben? Ich danke Ihnen Herr Doktor. Gott sei Dank! Das Schicksal meint es trotz allem gut mit mir.“ Archibald ließ sich erschöpft zurücksinken und bat Sebastian: „Bitte, legen Sie eine Nachricht für meine Verlobte, Countess Cynthia, auf den Schreibtisch in der Bibliothek!“

Zurück im Schloß, erfüllte Sebastian sein Versprechen und legte eine Notiz auf Archibalds Schreibtisch. Danach blickte er sich interessiert um.
Er war beeindruckt von den hohen Bücherwänden. Neugierig zog er ein Buch heraus und las den Titel: ‚Die Psyche der Geister‘.
Daneben standen noch weitere Titel zu diesem Thema: ‚Entzugserscheinungen bei Vampiren‘, ‚Die wichtige Bedeutsamkeit des Mondes bei Werwölfen‘ oder ‚Wesentliche Konfliktsituationen mit Damen aus der Geisterwelt‘.
Sebastian drehte das Buch um und las den Namen des Verfassers: Archibald von Gruftenstein. Du meine Güte, dachte er, der Schloßherr. Da geht es ja nur um Geister und Gespenster und solchen Kram.

Nach diesem Schreck mußte er sich erst mal setzen. Träumerisch sah er das Bild an, das über dem Kamin hing und Cynthia in ihrer ganzen Schönheit zeigte.
Sebastian seufzte, er fand sie traumhaft und meinte laut: „Lady, Sie sind wundervoll!"
Verwirrt fuhr er sich über die Augen. Das war bestimmt eine optische Täuschung: Cynthia lächelte geheimnisvoll und zwinkerte ihm keck zu.
Abrupt stand Sebastian auf und verließ eiligst die Bibliothek.

Neben der Familiengruft waren die Grabkammern, in denen Agatha und Dragomir tagsüber schliefen. Doch heute fanden sie keinen Schlaf.
Im Schloß herrschte eine unbeschreibliche Hektik, und mißmutig wälzten sie sich in ihren Särgen hin und her.
Tischlermeister Hölzl und seine Gesellen hämmerten, sägten, leimten und schraubten im Keller und im Vestibül.
Sabine, Klaus und Sebastian halfen Herrn Färbel

die schauerlichen Dekorationsstücke aufzuhängen. Mr. Richstone, der Herr der Dinge, war überall und nirgends, organisierte, raunzte Befehle, lief immer wieder zum Telefon und gab weitere Aufträge durch. Er war zufrieden.

Wenn alles gut ging, würden in ein paar Tagen schon die ersten Gäste eintreffen. Bei seiner amerikanischen Fluggesellschaft ließ er im neuesten Reisekatalog schon ‚Gruseltours nach Gruftenstein' als Last-minute-Attraktion anbieten.

Nach all dem Betrieb waren alle froh, als die Nacht anbrach, und die Vorbereitungen für den nächtlichen Spuk abgeschlossen waren. Klaus und Sebastian stellten noch die Behälter mit dem Trockeneis auf, und Mr. Richstone überprüfte nochmals die Verstärker des Cassettenrekorders.

Sabine saß auf Kuniberts Truhe und nähte den großе Riß in Eduards Cape, weil Klaus den Umhang zur Geisterstunde benötigte.

Genau zu diesem Zeitpunkt wollte Kunibert seine Truhe verlassen, um sich mit den anderen in der Familiengruft zu treffen.

Doch so sehr er auch drückte, der Deckel ließ sich nicht öffnen. Ärgerlich klopfte und hämmerte er von innen dagegen.

Sabine erstarrte, packte das Cape und hastete beiseite.

Quietschend sprang der Deckel der Truhe auf - und Kunibert stieg heraus.

Mr. Richstone schluckte.

Sabine, Klaus und Sebastian sahen Kunibert entgeistert an. Der rieb sich unbekümmert die Augen, nickte freundlich und schlurfte davon.
„Habt ihr das gesehen?“ fragte Klaus verwirrt.
Die anderen nickten stumm. Selbst Mr. Richstone wußte nicht viel sagen und zuckte die Schulter: „Er ist ein alter Mann, aber harmlos! Also, machen wir weiter!“

Als Kunibert die Tür zur Familiengruft öffnete, raste Dragomir schaurig heulend an ihm vorbei in die helle Vollmondnacht. Ganz und gar Werwolf, war er dicht behaart, mit langen Reißzähnen und blutroten Augen.
Die anderen waren in heller Aufregung, und Agatha stürmte sofort auf ihn zu: „O Kunibert, sieh dir das an. Schau, was dieser dicke Ami gemacht hat!“
Auf dem Flur zwischen dem Verließ und der Folterkammer waren viele Kartons aufgetürmt, voll mit Flaschen, Phiolen und Schläuchen.
Schweigend schaute er sie an, und es dauerte ein Weilchen, bis er begriffen hatte, aber dann stürmte

er zur Folterkammer und riß die Tür auf: Holzvertäfelte Wände, der Fußboden war mit PVC ausgelegt, und die Theke mit den dahinterliegenden Barfächern war schon im Rohzustand fertig.
„Oh, Archibald ... oh, was hast du da wieder angestellt! Dragomir wird dich köpfen und rupfen wie ein Suppenhühnchen! Agatha, ich sag' dir, er wird ihn pfählen und als Abschreckung vor das Schloß stellen! Gut, daß er heute als Werwolf unterwegs ist!“ krächzte Kunibert erschüttert.
„Und meine Rüstung! Meine Rüstung ist verschwunden! Wo ist meine Rüstung? Dragomir wollte sie doch reparieren! Ich kann doch nicht in Unterhosen spuken!“
Agatha nickte und flüsterte: „Archibald kann sich auf was gefaßt machen!“
Eduard hatte ihnen wortlos zugehört. Er saß barfuß neben seinem wunderschönen Sarg. Kreuz und quer steckten Strohhalme in seinen Haaren. Er zitterte, weil er nur notdürftig in eine mottenzerfressene Decke eingehüllt war. Die blutunterlaufenen Augen glimmten böse, und die Fangzähne traten deutlich hervor.
Eduards Schlafstätte war belegt. Herr Hölzl hatte sie als Depot für Hammer, Nägel, Schrauben und für seine elektrische Stichsäge in Beschlag genommen.
„Dieser Fettwanst hat mein Cape, meine Hose, meine Socken, überhaupt alle meine Kleider ausräumen lassen!“

Mit leisem Geklapper kam Charles in die Familiengruft: „Auch ich vermisse meinen Leuchter. Wenn Sie mir gestatten, dies zu bemerken, Graf Eduard, hat vermutlich Mr. Richstone ihre Bekleidung ... ausgeliehen! Meinen Leuchter ...“
„Charles“, fiel ihm Eduard erbost ins Wort, „leuchten Sie voran!“
„Aber womit denn, Herr Graf, womit denn, wenn Sie mir gestatten, dies zu bemerken?“
„Komm, Kunibert“, fauchte Eduard, „lassen wir den Unruhestifter nicht länger warten! Und Archibald! Dieser Kerl kann was erleben! Ich sauge ihm jede Ader aus!“
Gemeinsam betraten sie die Ahnengalerie und hielten geblendet inne.
Licht, helles Licht, gleisendes Licht!
Angewidert wandten sie sich ab und hielten schützend die Hände vor die Augen.
Kunibert stubste Eduard in die Seite.
„Sieh' mal, Cynthia ist da, sie will sich vielleicht auch beschweren.“
„Quatsch! Cynthia steigt nie vor zehn Uhr aus dem Rahmen! Das ...“, hier kam Eduard ins Schwärmen, seine Ohren zuckten nervös, „...ist Sabine! Ich kann ihre Halsschlagader bis hierher klopfen hören!“
„Fräulein Sabine, Sie sehen mit diesem spitzen Hut einfach hinreißend aus!“ röhrte Mr. Richstone und ließ begeistert die Hosenträger schnalzen.
Hingebungsvoll nuckelte er an seiner Havanna. „Klaus“, rief er, „wenn Sabine durch den langen Gang

wandelt, dann treten Sie ganz plötzlich mit dem Kerzenleuchter aus der Nische! Sebastian!" kommandierte er weiter und machte das Licht aus. „Sie zählen bis drei und dann gießen Sie Wasser auf das Trockeneis, verstanden!"

Klaus trat mit dem fünfarmigen Leuchter aus der Nische, das Licht tanzte zwischen den künstlichen Nebelschwaden und vermittelte um den verkleideten, falschen Vampir eine gespenstische Atmosphäre.

„Mein Leuchter! Da ist ja mein Leuchter!" stammelte Charles. Er klapperte zu dem jungen Mann, verbeugte sich, nahm ihm den Leuchter aus der Hand und stelzte davon.

„Halt, halt!" Mr. Richstone machte das Licht an und - machte einen Satz rückwärts, denn Eduards herrliche Fangzähne waren gefährlich nah vor ihm aufgetaucht.

„Wo ist mein Urgroßcousin? Was haben Sie mit Archi gemacht?" fauchte der Vampir.

„Im Krankenhaus!" stotterte Mr. Richstone und wich schnell ein paar Schritte zurück.

„Krankenhaus? Im Krankenhaus? Was macht Archi in einem Krankenhaus? Haben Sie ihn ins Krankenhaus gebracht? Hatten Sie einen Kampf mit ihm?" fragte Eduard - völlig aus dem Konzept gebracht.

„Er hat sich beim Duschen den Knöchel gebrochen!" beantwortete Klaus alle Fragen auf einmal.

Ruckartig drehte sich Eduard um, sah sein Cape, schoß auf Klaus zu und riß an seinem Umhang.

„Aber, aber, meine Herrschaften!“ Mr. Richstone hatte sich wieder gefaßt und versuchte, die Ordnung wiederherzustellen.
Langsam drehte sich der Vampir um, packte ihn am Kragen und bleckte seine Fangzähne - doch diesmal blieb es ohne Wirkung.
„Okay, okay, Graf! Sie geben sich wirklich wahnsinnig Mühe, aber für meinen Geschmack übertreiben Sie zu sehr! Es muß echt wirken, verstehen Sie? Echt!“
Eduard war schockiert. Dieser dicke Ami schien ja vor nichts Respekt zu haben. Mit einer eleganten Geste schwang er sein Cape und verschwand.
„Klaus, Klaus, wenn Sie diesen Gag schaffen, dann verdopple ich Ihre Gage!“
„Nix zu machen, Mr. Richstone! Nix zu machen!“ stotterte dieser, hüllte sich in Eduards mottenzerfressene Decke und hastete davon. Er schlüpfte durch die nächstbeste Tür und schloß sie mit zitternden Händen ab.
„Und wo ist meine Rüstung, Mr. Richstone?“ fragte Kunibert weinerlich.
„Ach, lassen Sie mich doch mit Ihrer Rüstung zufrieden!“ sagte dieser unwirsch.
Kunibert ballte die Fäuste und schlurfte mit einem schauerlichen Stöhnen davon.
Ohne seine Rüstung, selbst wenn sie rostig und quietschend war, nahm ihm doch niemand ab, daß er der furchteinflößende Schwarze Ritter war.
„O, Shit! O, Shit! Diese laufenden Störungen. Wie

soll man da vernünftig proben! Fräulein Sabine, bitte, gehen Sie noch einmal den Gang entlang. Wo zum Teufel ist Sebastian. Sebastian, wo sind Sie?"
Leise vor sich hinfluchend, kratzte sich Mr. Richstone an seinem blanken Schädel: „Nun gut! Dann ist eben Schluß für heute! Morgen bringt Herr Färbel die anderen Kostüme, dann hört dieses ewige ‚Das ist aber mein!' auf. Aber dann muß es klappen, klar? Richten Sie dies bitte ihren Kollegen aus!"
Sebastian, der immer noch wartend in seiner Nische gestanden hatte, versuchte krampfhaft, die Rüstung abzulegen.
„Psst! Psst, Biene!" wisperte er. „Hilf mir mal aus der Blechbüchse!"
Sabine hatte große Mühe, die Rüstung in die einzelnen Teile zu zerlegen und Sebastian herauszuschälen.
„Weißt du was", meinte er danach säuerlich, „ich sehe mir das noch 'ne Weile an und dann mach' ich 'ne Fliege!"
„Kann ich verstehen! Aber mir ist es trotzdem lieber, als in der Fabrik acht Stunden am Fließband zu stehen und im Akkord zu arbeiten. Dann lieber Nachtschicht mit ein paar Verrückten!"
„Sag' mal, Biene! Wie findest du die Leute hier? Ich meine nicht den Grafen Archibald, der tut mir echt leid! Der macht so einen hilflosen Eindruck. Aber dicht ist er auch nicht! Stell' dir seine Bücher vor: ‚Die Psyche der Geister' und ‚Entzugserscheinungen bei Vampiren'! Verrückt nicht?"

„Das gibt es nicht!“ staunte Sabine, zog ihre Stirn in nachdenkliche Falten und sagte: „Ich weiß nicht recht. Aber eines ist sicher: Sie sind alle nicht ... na, du weißt schon.“
„Ganz deiner Meinung! Laß uns losfahren! Mir tut alles weh! Morgen schlafen wir ja im Schloß, und wer weiß“, Sebastian grinste verschmitzt, „vielleicht ist dieser unterhösige Eduard wirklich ein Vampir?“
Sabine lachte schallend: „Kann ich mir zwar nicht vorstellen, aber was ist nun mit Kläuschen? Warten wir auf ihn?“
„Wir sind doch nicht sein Kindermädchen, oder? Er wird sich schon nicht fürchten!“

Klaus hatte die erstbeste Tür auf der langen Ahnengalerie aufgerissen und Archibalds Bibliothek erwischt. Zuerst stand er in dem kalten Raum in völliger Dunkelheit, aber nach und nach tauchten die Konturen der Möbel und Gegenstände auf.
Fröstelnd zog Klaus die Mottendecke enger um die Schultern und tastete sich zum Kaminsims, auf dem er eine Kerze und Streichhölzer entdeckt hatte.

Mit der brennenden Kerze stellte er sich vor Cynthias Bild, und der Widerschein der Flamme zuckte über ihr geheimnisvolles Lächeln.
Ein leichter Luftzug, ein Flackern der Kerzenflamme, und Cynthia schwebte aus dem Rahmen. Sein Atem stockte. Er wischte sich mit der Hand über die Augen, doch die Erscheinung blieb - die Dame aus dem Bild stand ruhig und klar vor ihm.
„Guten Abend!“ stotterte er mit einem dümmlichen Ausdruck im Gesicht.
„Guten Abend, junger Mann!“ hauchte Cynthia. „Sagen Sie, haben Sie meinen roten Hut gesehen? Ohne Hut kann mich doch niemand erkennen!“
Bevor Klaus antworten konnte, blieb sie vor ihm stehen und hauchte: „Was machen Sie eigentlich in diesem Aufzug im Arbeitszimmer meines Verlobten, Graf Archibald? Wo ist er überhaupt?“
„Ihr Verlobter? Graf Archibald? Graf Archibald ist ihr Verlobter?“
„Natürlich, aber sagen Sie endlich, wo er ist“!
Klaus, den in diesem Schloß fast nichts mehr wunderte und inzwischen etwas von seiner Fassung wiedergewonnen hatte, überbrachte ihr Archibalds Nachricht und erzählte von seinem Unfall.
„Armer Archi, aber irgendwie typisch für ihn!“ nickte Cynthia gelangweilt, „ihm passiert immer etwas.“ Sie seufzte tief, schaute Klaus genauer an und fuhr anzüglich lächend fort: „Sagen Sie junger Mann, frieren Sie nicht in ihrer - nun - etwas seltsamen Bekleidung?“

Klaus wurde rot und zog die mottenzerfressene Dekke noch enger um seine Schultern: „Ich glaube es war Graf Eduard, nun, er hat mir einfach das Cape vom Leib gerissen, das mir Mr. Richstone gegeben hat!"

„Mr. Richstone hat Ihnen Edis Cape gegeben? Solche Typen stehlen auch Damenhüte!" vermutete Cynthia und fragte: „Was wollten Sie denn mit dem Cape?"

Klaus, dem das jetzt alles etwas peinlich vorkam, wurde richtig geschwätzig: „Wir sind doch die Gespenstervertretung. Ich brauchte es heute für die Probe. Wir, daß heißt Sebastian, Sabine und ich, sollen den Vampir, den Schwarzen Ritter und die berüchtigte Rote Gräfin spielen, und zwar am Dienstag, Donnerstag, Samstag und Sonntag. An den anderen Tagen übernehmen die anderen vom Schloß diesen Dienst!"

„Was?" fauchte Cynthia aufgebracht, „ich bin und war seit mehr als zweihundert Jahren die Rote Gräfin - und zwar an allen Tagen in der Woche!"

„Zweihundert Jahre? Sie ... sie sehen aber bedeutend jünger aus!"

Cynthia lächelte geschmeichelt und sah ihm tief in die Augen. „Sie sind sehr charmant, junger Mann! Ach, wenn Sie mich nur mit meinem Hut sehen könnten. Sagen Sie, wie heißen Sie eigentlich?"

„Klaus! Klaus Weber!"

„Klaus Weber? Nett, nett! Kommen Sie, wir machen einen Mondscheinspaziergang auf den Zinnen!"

Cynthia sah Klaus lockend an und zog ihn mit sich. Der junge Mann bemühte sich heldenhaft, das rhythmische Klappern seiner Zähne zu unterdrücken. Besonders sein rechter Arm, an dem Cynthia hing, zwickte regelrecht vor Kälte, obwohl ihm Cynthia einen von Archibalds Anzügen aus dickem Wollstoff besorgt hatte.
„Könnten Sie sich ein Leben mit mir vorstellen?“ schmachtete Cynthia.
Klaus räusperte sich verlegen: „Aber was ist mit ihrem Verlobten, den Grafen?“
Cynthia schenkte ihm ihren schönsten Augenaufschlag: „Ich glaube, er liebt mich nicht! Er will einfach nicht sterben?“
„Sterben?“ entfuhr es ihm entsetzt.
„Natürlich!“ Das schöne, aber wunderliche Geschöpf seufzte.
„Sie ahnen gar nicht, wie schlimm es ist, alleine im Bilderrahmen zu sitzen und zu warten, daß die Nacht kommt! Ich fühle mich soo einsam! Haben Sie eigentlich schon viel Böses getan?“
Klaus räusperte sich: „Nun ja, ich war nicht gerade ein braver Junge!“
„Mmh, das reicht nicht!“ sagte sie ziemlich streng. „Um ein Gespenst zu werden, muß man mehr auf dem Kerbholz haben!“
„W i e?“ Ungläubig starrte er sie an.
Cynthia drückte sich wennmöglich noch enger an Klaus: „Natürlich! Aber keine Sorge. Sie müßten sich nur ermorden lassen. Das ginge auch.“

„Er...er...ermorden?“ Vor Entsetzen quollen Klaus die Augen vor.
„Das wäre zumindest eine Voraussetzung, aber ich mache das schon. Ein kleiner Schubs - und weg sind sie. Gift wäre mir am liebsten, weil ich mich damit bestens auskenne! Oh, bitte, Kläuschen, sagen Sie ja!“
Er war starr vor Schrecken und beugte sich dann wie hypnotisiert zu Cynthia, um sie zu küssen.
Ein markerschütterndes Geheul durchschnitt die Nacht.
Klaus blickte wie erwachend um sich und beugte sich über die Zinnen: „Da ist ein Hund, ein riesiger Hund kommt auf das Schloß zu.“
„Ach, das ist nichts besonderes, es ist vermutlich Onkel Dragomir. Heute ist Vollmond, da wildert er als Werwolf. Dabei hat er sicherlich eine Ladung Schrot abbekommen!“
„Wie? Ihr Onkel?“ Klaus war erschüttert. „ Ein Werwolf, ein richtiger Werwolf?“
„Ach, lassen Sie doch Archibalds Onkel. Sie werden sich daran gewöhnen! Kommen Sie endlich! Sie dürfen sich das Gift auch selbst aussuchen!“
Klaus schüttelte den Kopf und sagte bestimmt: „Nie! Niemals! Ich lasse mich doch nicht ermorden!“
Cynthia blickte ihn aus kalten Augen an und sagte schnippisch: „Dann eben nicht! Aber noch ist nicht aller Tage Ende!“
Und mit einem eisigen Hauch löste sie sich auf.
„Warten sie!“ rief Klaus. „Nur ein Wort noch, bitte, Fräulein Cynthia!“

Aber die Rote Gräfin war verschwunden, und verwirrt und frierend machte sich Klaus auf den Heimweg. Das durfte er niemand erzählen. Das würde ihm sowieso keiner glauben! Cynthias Worte kreiselten in seinem Kopf, und er strebte eiligen Schrittes ins Dorf. Schneller und schneller trieb er sich zum Schluß zu einem rasenden Galopp.

Dragomir schlug fiebrig den Eisenring ans Portal: „Charles! Charles! So machen Sie doch auf, Charles!" flehte er und setzte ein grausiges Heulen an.
Er bot einen erbärmlichen Anblick.
Sein Fell war schmutzig mit blutenden Stellen. Seine linke Augenbraue war zerfetzt, und sein rechtes Auge war völlig zugeschwollen.
Als endlich die Tür geöffnet wurde, huschte Dragomir hinkend an Charles vorbei, tappte noch ein paar Schritte und brach entkräftet zusammen. Er wurde ohnmächtig und plumpste zu Boden.
Von draußen ertönte das wütendes Geschnatter einer aufgebrachten Gänseschar, die laut tobte und mit den Schnäbeln an das Eingangsportal hackte.

„Graf Dragomir? So früh zurück, wenn Sie mir gestatten, dies zu fragen? Aber Herr Graf! Herr Graf haben wohl schon wieder eine Ladung Schrot in den Hintern bekommen, wenn Sie mir gestatten dies zu bemerken!"
Charles beugte sich zu Dragomir, packte den Werwolf am Flohband, schleifte ihn zur Familiengruft und klopfte an Agathas Grabkammer.
„Baronessa", verkündete er, „Graf Dragomir ist von seinem nächtlichen Ausflug zurück, wenn sie mir gestatten, dies zu ..."
„O Dragomir?" rief die Baronessa entsetzt.
Der Werwolf winselte und leckte seine Bißwunden.
Erbost zog Agatha ihre blasse Stirn in Falten und wetterte: „Wie oft soll ich dir noch sagen, daß sich ein echter Werwolf beim Hühnerklauen nicht erwischen läßt! Wirst du das nie lernen?"
„Ich kann nichts dafür!" heulte Dragomir. „Durch den Schuß sind die Gänse auf dem Weiher aufgewacht und haben mich verfolgt, bis zum Schloß hoch!"
Agatha kniete sich neben ihn. „Charles", befahl sie. „Holen Sie bitte die große Pinzette und die Flasche Whisky. Sie steht in Archibalds Büro!"

Eduard landete derweil äußerst unsanft auf dem Besucherparkplatz des Heuchlinger Kreiskrankenhauses in der Schlottermann Chaussee 162. Er hüllte sich in sein Cape und schlich nun unsichtbar am Pförtner vorbei. Leider dauerte der Zustand der Unsichtbarkeit nie lange an.
Wie zum Teufel aber sollte er hier Archibald finden? Verwirrt blickte er auf die vielen Türen und versuchte es bei der nächstbesten mit dem Schlüsselloch. Plötzlich tippte ihm jemand auf die Schulter.
„Wen oder was suchen Sie?“
Der Vampir richtete sich erschrocken auf und nahm höflich seinen Sturzhelm ab. Vor ihm stand Dr. Funzel.
„Nun, ja ... ich“, lispelte Eduard, „ich ... ich suche Graf Archibald von Gruftenstein. Er ist mein siebenfacher Urgroßcousin!“
Der Arzt nahm seine Nickelbrille ab und sah ihn interessiert an.
Der Vampir war eine ganz ungewöhnliche Erscheinung in seiner Vampirskluft mit Sturzhelm, Ringelsocken und Turnschuhen, dazu noch die grünlich schillernde Blässe mit den blutrot unterlaufenen Augen.
Er machte auf ihn einen äußerst verwirrten, wenn nicht sogar einen verrückten Eindruck.
„Guter Mann, es ist fast zehn Uhr nachts, und die Besuchszeit ist zu Ende!“
„Ich bin Graf Eduard von Gruftenstein“, fauchte Eduard, „für mich ist immer Besuchszeit!“

„Nun gut, ist ja gut“, beschwichtigte ihn der Arzt, „für Sie werde ich selbstverständlich eine Ausnahme machen. Ich werde Sie zu ihm bringen!“

Archibald lag nichtsahnend im Bett und versuchte, das erbarmungslose Geschnarche seiner Zimmergenossen zu ignorieren. Aber lieber ein paar schlaflose Nächte, als ..., er wagte nicht zu Ende zu denken. Gelangweilt blätterte er in einer Illustrierten, als sich die Tür leise öffnete.

„Guten Abend, mein lieber, guter Cousin!“ säuselte Eduard boshaft und schlich geduckt auf Archibalds Bett zu.

„Eduard? Oh, äh ... wie nett!“ Archibald begann konfus an seiner Bettdecke herumzuzupfen.

Der Vampir ließ sich Zeit, ehe er mit sichtlicher Genugtuung in der Stimme artikulierte: „Nun, lieber, guter Cousin, sieh mich noch einmal an, bevor ich dir jedes Tröpfchen Blut aussauge und jede Ader schröpfe!“

„Eduard“, stammelte Archibald und rutschte langsam aber unaufhaltsam unter die Bettdecke, „ich weiß zwar nicht ..., aber glaub' mir ..., ich hatte keine ...“

„Schweig still!“ zischte der Vampir, ließ sich auf die Bettkante plumpsen und lächelte unheilschwanger. „Weißt du, was du uns angetan hast, weißt du das? Nein? Dann hör' gut zu: Dragomirs Labor wurde vernichtet! Noch hat er keine Ahnung davon, aber glaub mir, im Gegensatz zu dem, was ich mit dir ...“

„Eduard ich ...“

„Sei still!“ fauchte der Vampir. „Kuniberts Rüstung

ist weg, Charles Leuchter verschwunden, Cynthia vermißt ihren roten Hut, und ich - mir wurde mein Schlafgemach geraubt , weil mein schöner Sarg als Werkzeugkiste mißbraucht wird!"
Eduard beugte sich lauernd ganz nah zu Archibald: „Und deine Cynthia geht mit einem überaus hübschen, schwarzgelockten jungen Mann im Mondschein spazieren, wie ich vorhin zu meinem Bedauern feststellen mußte, ohne daß ich lauschen wollte!"
„Wie? Was? Meine Cynthia? Ihr laßt zu, daß mich Cynthia mit einem hergelaufenen Kerl betrügt? Auch das noch, wo mir das Wasser bis zum Hals steht!"
Theatralisch setzte sich Archibald auf und hob die Hand zum Schwur: „Ich schwöre bei meiner Ehre als ein Gruftensteiner, daß ich keine Ahnung hatte, was dieser Dicke alles anrichtet! Gruftenstein ist aber verloren, wenn ich nichts unternehme. Und wir müssen alle umziehen, womöglich in eine dieser winzigen Neubauwohnungen!" Mit düsterem Gesicht starrte er Eduard in die Augen.
Plötzlich wurde die Tür aufgerissen, und Dr. Funzel erschien mit zwei großen weißgekleideten Männern.
„Greift ihn", schrie der Arzt.
„Bringt ihn zur Psychiatrie, gebt ihm eine starke Injektion und ab in die Gummizelle!"
„Verschwinde schnell, solange du noch kannst!" flüsterte Archibald.
Eduard sah sich irritiert um, als die Wärter ins Zimmer stürmten.

„Na, los!“ drängte ihn Archibald. „Verschwinde doch endlich!“
Eduard schwang sein Cape und verschwand.
Die Männer sahen sich verdutzt um, suchten unter den Betten und blickten dann ratlos zu ihrem Chef.
Dr. Funzel nahm seine Nickelbrille ab und putzte sie umständlich.
Archibald fragte scheinheilig: „Oh, Herr Doktor, gut, daß sie da sind. Sagen Sie, wann darf ich nach Hause?“
„Eigentlich schon morgen. Sie bekommen einen Gehgips, dürfen ihn allerdings noch nicht voll belasten und müssen den Fuß immer schön hochlegen!“
Immer noch bestürzt, verließ der Doktor mit seinen Leuten das Zimmer, und Archibald ließ sich erschöpft in die Kissen sinken.
Sein Herz klopfte laut, sein Puls raste, und die Eifersucht nagte.
Morgen war er wieder zu Hause - auch wenn ihn Dragomir zehnmal rupfen, pfählen und als Abschreckung vor das Schloß stellen würde.
So ein schwarzlockiger Grünschnabel spannte ihm doch seine Cynthia nicht aus!

Eduard war auf seiner Flucht in das nächstbeste Zimmer gelaufen. Er lehnte sich erschöpft an die Wand, als ein köstlicher Geruch in seine empfindliche Nase strömte.
Er roch Blut, viel Blut!
Verzückt verdrehte er seine Augen, sein Mund wurde wäßrig, und sein Magen knurrte freudig: Genau vor ihm standen ordentlich aufgereiht und mit einem Aufkleber versehen zwanzig verstöpselte Reagenzgläser in einem Holzständer, die mit Blut gefüllt waren.
„Oh, bei allen Wonnen der Unterwelt", murmelte Eduard erfurchtsvoll und verdrehte genießerisch die Augen.
Er nahm das erste Gläschen und trank es ohne Abzusetzen auf einen Zug aus.
„Ah, das tut gut, wie wird meine Kraft neu belebt!" stöhnte er auf, während ein letztes Blutströpfchen sein Kinn herunterlief.
Dann nahm er ein neues Gläschen und stürzte es gierig hinunter. Er hatte nicht viel Zeit, denn jeden Moment konnte jemand vom Personal ins Zimmer kommen. Von neuem nahm er ein Gläschen und kippte es eilig seine Kehle hinunter, und noch eines und noch eines, bis alle zwanzig blitzeblank leergetrunken waren. Zum erstenmal seit mehr als hundert Jahren war er wie im Rausch und hatte einen Rausch. Er rülpste, stieg torkelnd aus dem Fenster und flatterte in die helle Mondnacht hinaus nach Hause. Etwas zu schwungvoll nahm er die letzte

Kurve über dem Schloßhof, um sich gleich darauf in dem mit Unkraut zugewucherten Schloßgraben wiederzufinden.
Er krabbelte leise vor sich hinbrabbelnd heraus und humpelte auf Würde bedacht zum Eingangsportal. Es erschien ihm wie eine Ewigkeit, bis sich die kleine Klappe im Portal öffnete und Charles Totenkopfgesicht erschien.
„Na, endlich! Sch...schließ schon auf!"
„Aber Graf Eduard ...!"
„Ach, sei scht...still!" wurde der alte Schloßkastellan angeraunzt. Eduard hickste und sank in Charles dünne Arme.
„Herr Graf, Sie sind ja betrunken!" rügte der alte Schloßkastellan.
„Na un? Haste was ... gegen? Hicks! Ich fühl' mich sssauwohl! Nie mehr beiß' ich in Hälse von Kassen. Ich fliech bei...beim nächsten Vollmond wieda...hin! Wo sin... die anneren? Wo isse Sabine ... ich meine, die ...? Oh, Charles, sie hat sso einen wundsönen ...hicks! Hals! Ihre Haut is sooo weiß! Fehlen nur swa...swarse Ringe unter den Augen!"
Der alte Schloßkastellan nickte und lächelte nachsichtig, und Eduard legte sich glückselig neben seinen Sarg.

Am nächsten Tag wartete Julian, Archibalds Sohn, begleitet von seiner Mutter Monika, auf die Abfahrt des Zuges nach Blomberg.
Julian war ziemlich groß und ziemlich mager.
Wie alle jungen Leute, trug er sein blondes Haar lang, auch um die Pusteln zu verdecken, die zu seinem Grimm seit einiger Zeit auf seiner Stirne blühten. Und wie bei allen jungen Leuten gehörten Jeans, T-Shirt und ausgelatschte Turnschuhe zu seiner Alltagskluft.
Mit den beiden wartete auch Kräsch, eine Bobtailmischung, die nur aus Fransen und vier Beinen bestand. Bei jedem Papierkorb, an dem er vorbeikam, machte er halt, um auszuschnüffeln, ob etwas Eßbares für ihn drin war.
Julian freute sich auf Gruftenstein und auf seinen Vater. Gruftenstein war herrlich gewesen, und Julian hatte sehr darunter gelitten, daß er bei der Scheidung seiner Eltern ausziehen mußte. Gruftenstein war besser als der zweite Mann seiner Mutter, zu dem sie ihn immer wieder zu überreden versuchte.
„Ich kann Herrn Otto Meckerling nicht ausstehen!“ wiegelte er einen weiteren Versuch seiner Mutter ab, ihn zu einer netten Äußerung über seinen Stiefvater zu bewegen, „Nicht einmal Kräsch mag ihn, und er mag Kräsch auch nicht! Überhaupt, wenn man schon Meckerling heißt ...!“
„Gruftenstein ist auch nicht der schönste Name und Otto ...“
„... ist stinkreich!“ fiel er ihr ins Wort.

„Eben!" entgegnete seine Mutter scharf, „lieber ein stinkreicher Meckerling als ein völlig mittelloser Gruftenstein!"
Julian sah seine Mutter böse an. Jede Diskussion war sinnlos, wenn es um Otto ging. Widerstrebend nahm er eine letzte Umarmung hin. Dieses ständige Umarmen! Schließlich war er schon sechzehn. Seit einiger Zeit ging ihm die mütterliche Liebe und der ständige Ärger wegen Kräsch auf die Nerven, und er war froh, als er im Zug saß.
Nachdenklich sah er hinaus. An einem Bahnübergang sah er einen Bus. „Richstones Gruseltours to Castle Gruftenstein" las er. Bevor er aber nachprüfen konnte, ob er sich getäuscht hatte, war der Zug schon vorbei.
„Kräsch, was hat das zu bedeuten? Richstones Gruseltours to Castle Gruftenstein? Ich glaub' ich spinne schon. War höchste Zeit, Ferien zu machen!"
Endlich tauchte in der Ferne das Schloß von Gruftenstein auf. Julians Herz klopfte laut. Das war sein Zuhause. Hier wollte er sein und sonst nirgends! Lieber Leberwurstbrötchen als Kaviar, den nicht mal der Hund mochte!
Keine zehn Minuten später stand er bei Rudi Stunks Gasthof ‚Zum fröhlichen Hirsch'.
Staunend sah er sich um. Die Dorfstraße war festlich geschmückt, und eine Festkutsche stand aufgeputzt mitten auf dem Dorfplatz. Die Gäule waren frisch gestriegelt, und ihr Prunkgeschirr glänzte in der Nachmittagssonne. Dann sah er den Bus von

vorhin mit der Aufschrift, und aus ihm stieg mindestens ein Dutzend Leute. Alle trugen bunte Hawaihemden, Shorts, Touristensombreros und Fotoapparate. Sie schnatterten aufgeregt durcheinander. Rudi Stunk strahlte über sein pausbäckiges Gesicht und dienerte nach allen Seiten.
Ein kleiner, gedrungener Mann im dunkelblauen Anzug, dessen Jacke sich bedenklich über seinen Bauch spannte, half den Damen in die Kutsche zu steigen.
Bauer Wieland und einer seiner Knechte luden Koffer und Reisetaschen auf den Traktor. Unter Peitschenknallen setzte sich die Festkutsche in Bewegung. Dahinterher ratterte der Traktor.
Julian wußte nicht so recht, was er davon halten sollte und machte sich auf den Weg zum Schloß.

Um die Mittagszeit hatte Sebastian Archibald aus dem Krankenhaus abgeholt. Mr. Richstone saß nun bei ihm am Bett und redete pausenlos auf ihn ein. Von Zeit zu Zeit ließ er seine Hosenträger schnalzen.

Archibald war recht zufrieden mit sich, weil er mit Mr. Richstone ein Übereinkommen getroffen hatte, bei den alten Ställen ein neues Labor für Dragomir einzurichten.
Er mußte sich aber noch in aller Ruhe von dem Schock erholen, daß bereits heute die ersten Gäste eintreffen würden, die auch tatsächlich inzwischen in der Blomberger Festkutsche Schloß Gruftenstein erreicht hatten.
Beeindruckt stiegen sie aus, und Mr. Richstone, der nach unten geeilt war, begrüßte seine Gäste überschwenglich.
„Ladies and Gentlemen, Willkommen auf Schloß Gruftenstein. Hier werden Sie eine schauerliche, aber phantastische Gruselwoche erleben!"
„Oh, ist es nicht wonderful?" kreischte Mrs. Rainbow, aber ihr Mann knurrte nur ein mürrisches ‚Nonsens'. Rick, ihr Sohn, rannte sofort mit Indianergeheul durch die Ahnengalerie.
„Oh, Darling, it is so so romantic!" hauchte Mrs. Qualoni und tippelte begeistert zu Mr. Richstone.
„Oh, Mr. Richstone, your hotel is wonderful!"
„Thanks, danke!"
Mr. Richstone klatschte in die Hände und verschaffte sich Gehör.
„Ladies and Gentlemen, ‚Richstones Gruseltours on Horrorlines' wünscht Ihnen einen schauerlichen Aufenthalt. Um zehn Uhr wird das Dinner serviert. Kurz vor Mitternacht steht die Hotelbar zu ihrer Verfügung! In der Familiengruft befindet sich eine

Musikbox! Schließen Sie aber ihre Zimmer gut ab“, verschmitzt hob er seinen dicken Zeigefinger, „denn ich muß Sie darauf aufmerksam machen, daß der Umgang mit Geistern und Gespenstern nicht immer problemlos ist! Und sollten Sie Probleme mit Vampiren bekommen, bedienen Sie sich des Knoblauchs aus den Körbchen auf ihren Zimmern.“
Die Gäste redeten aufgeregt durcheinander und bestaunten die echten und unechten Anitquitäten gleichermaßen, während Rick Anschluß an Steve und Amy, zwei andere Gastkinder, gefunden hatte.
Er tobte mit ihnen durch die Gänge bis hin zum Ende der Ahnengalerie und entdeckte die geöffnete Falltür. Aufgeregt nahm Rick eine der Fackeln aus dem Halter, und die drei Kinder stiegen in den Keller, aus dem ihnen kühle und feuchte Luft entgegenschlug.
Das flackernde Licht malte unheimliche Schattenbilder an die Wände.
„Wenn ein Geist kommt, schieß ich ihn über'n Haufen!“ brüstete sich Steve und packte ein neues Knallröllchen in seine Pistole.
„Quatsch, Geister lassen sich nicht erschießen!“
„Warum nicht?“ fragte Amy.
„Mann, du hast ja von nichts ‘ne Ahnung! Geister sind doch durchsichtig, die haben keinen Körper!“
„Glaub’ ich nicht! In Big Valley gibt es ein Haus, darin ...!“
„Psst! Hört ihr nichts?“ flüsterte Steve.
Vor ihnen tanzten in der Dunkelheit fünf Kerzen in

gleichmäßigen Abständen, die immer näher kamen.
„Es klappert!" stellte Steve fest und gab sich Mühe, lässig zu wirken.
Unvermittelt stand Charles vor den Kindern: „Guten Abend, die jungen Herrschaften!"
„Iiih!" kreischte Amy und rannte die Treppe hoch.
„Warte!" rief Rick.
„Amy, komm zurück! Das ist nur ein Kellner!"
„Ich bin kein Kellner, junge Herren, wenn ihr mir gestattet, dies zu bemerken! Ich bin seit altersher der Schloßkastellan von Gruftenstein! Darf ich die jungen Herrschaften bitten, die Familiengruft zu verlassen! Dieser Sarg hier gehört Graf Eduard, und er braucht Ruhe, weil er von seinem nächtlichen Rundflug müde ist!"
Ohne jede weitere Diskussion rannten die Kinder, so schnell sie konnten, davon.

Julian sah die prächtige Festkutsche vor dem Schloß stehen, und versuchte, sich verzweifelt daran zu erinnern, ob heute ein wichtiger historischer Jahrestag von Blomberg sei. Kräsch jagte in der Zwischen-

zeit umher und war außer Rand und Band vor Freude über so viel Freiheit. Das Eingangsportal stand sperrangelweit offen, im Foyer roch es nach frischem Holz und Farbe und die Rezeption glänzte.
„Hi, junger Mann, wen suchst du denn?“ Vor Julian stand Sabine, hübsch anzusehen in Shorts, weißem T-Shirt, und ihre braunen Beine steckten in Tennisschuhen.
Das blonde Haar hatte sie mit einem bunten Gummi zu einem kecken Pferdeschwanz gebunden.
Freundlich lächelnd reichte sie ihm die Hand.
„Ich bin Sabine und zu wem gehören Sie ... äh, darf ich noch du sagen?“
Kräsch sprang winselnd an ihr hoch und sie zersauste ihm liebevoll die Fransen.
„Ich suche meinen Vater!“ sagte Julian höflich.
„Welchen? Wir haben hier mehrere davon!“
„Wie?“
„Also, wenn du nicht hierher gehörst ...!“
„Und ob ich hierher gehöre! Ich bin hier geboren! Ich bin Julian!“ sagte er entrüstet.
„Okay, nun weiß ich, daß du Julian heißt. Wie heißt denn dein Vater?“
Julian machte ein trotziges Gesicht: „Mein Vater ist Archibald von Gruftenstein!“
„Na, das ist etwas anderes. Dann, komm mit!“
Sabine schaute ihn von der Seite an und eilte ihm voraus zu Graf Archibalds Zimmer.
Julian hatte ihr noch sagen wollen, daß er sich sehr wohl im Schloß auskenne, aber Sabine war davon-

gelaufen und hatte auch bereits die Tür zum Zimmer von Graf Archibald geöffnet.
„Mensch, Julian, Junge, wo kommst du denn her? Wie schön dich zu sehen!“ rief Archibald überrascht und drückte seinen Sohn an sich.
Dann sah er Kräsch: „Was ist denn das für ein Fransenbeutel?“
Julian grinste und sagte: „Der Fransenbeutel ist Kräsch, mein bester Freund. Er ist mir vor ein paar Wochen zugelaufen!“
Kräsch bellte zustimmend.
„Hat dich deine Mutter gebracht?“ fragte Archibald.
Julian erzählte ausführlich, auch von dem Bus und den Veränderungen, über die er sehr erstaunt war.
„Du kannst mir glauben, Julian, mein Wunsch war es nicht, aus Gruftenstein ein Hotel zu machen. Aber was soll ich tun?“ versetzte Archibald.
„Mr. Richstone hat alle Hypotheken aufgekauft und kann machen, was er will! Alle, aber alle, selbst Cynthia, sind mir böse!“
„O weia!“ Julian war beeindruckt.
„Wenn sogar Cynthia böse ist, dann ist das ja ‘ne knüppeldicke Sache! Kannst du denn gar nichts dagegen unternehmen?“
„Das würde ich ja gerne, aber ich bin machtlos! Diese ganze Geschichte mit dem Gruselhotel liegt mir schwer im Magen!“
„Gruselhotel?“ Julian glaubte sich verhört zu haben.
„Sagtest du wirklich Gruselhotel?“
Archibald nickte.

„Willst du etwa damit sagen, daß Agatha, Kunibert, Dragomir und die anderen zusammen mit dem Schloß verkauft wurden! Komm erzähl' mal, hilf meinem gelähmten Denkvermögen auf die Reihe zu kommen!"
Archibald nickte und klopfte - als Aufforderung für Julian zum Setzen - auf die Bettkante.
„Also, du weißt ja, daß wir schon immer knapp mit dem Geld waren", begann er und endete, „tja, und dann hat Mr. Richstone noch Sabine, Klaus und Sebastian eingestellt. Sie arbeiten im Service, und an drei Abenden müssen sie geistern!"
Wortlos hatte ihm Julian zugehört, doch da riß er ungläubig die Augen auf.
„Was? Na, dieser Richstone hat vielleicht Nerven!" brummte er erbost, und Kräsch knurrte zustimmend.
„Und du kannst wirklich nichts unternehmen?"
Archibald schüttelte den Kopf, stieg aus dem Bett und bat Julian, ihm beim Ankleiden zu helfen.
Bekümmert sah er zu Cynthias Bild hoch, seufzte und zeigte dann auf seine Armbanduhr: „Es ist schon zehn Uhr, und sie steigt immer noch nicht herab!"
Kräsch trottete treuherzig zu ihm und rieb sich an seinem Bein. Archibald lächelte, legte den Arm auf Julians Schulter, mit dem anderen stützte er sich auf die Krücke und humpelte zum Speisesaal.
Sie warteten auf die Gäste, die nach und nach eintrafen, und Mr. Richstone pries Archibald wie ein seltenes Kunstwerk an, und alle rissen sich darum, neben dem echten Grafen sitzen zu dürfen.

Gretchen und der alte Schloßkastellan servierten die Speisen. Charles hatte sich fein gemacht: eine silberbetreßte Livree mit roten Kniebundhosen, eine gepuderte Perücke und schneeweiße Glacehandschuhe.

Sehr würdevoll schenkte er echten Champagner ein und legte die Fertigmenüs mit Silberlöffeln auf.

Er war erschüttert über die Eßgewohnheiten der Gäste, die mit vollem Mund sprachen oder nur mit der Gabel aßen.

Gegen elf Uhr trat mit einem kühlen Hauch Cynthia durch die Wand. Archibald lächelte glücklich, als sie sich zwischen ihn und Julian setzte.

Mr. Richstone winkte Charles zu sich heran und befahl leise: „Sagen Sie den anderen Herrschaften, daß sie sich zwischen zwölf und eins keinesfalls blicken lassen sollen!"

Der alte Schloßkastellan schnappte nach Luft und sah zu Archibald hinüber. Hilflos zuckte der mit den Schultern.

Julian beugte sich zu seinem Vater und flüsterte: „Mann, hat der Nerven! Hast du ihm denn nicht erklärt, mit wem er es zu tun hat?"

Archibald seufzte: „Natürlich habe ich versucht, dieses Thema anzusprechen, aber Mr. Richstone begreift es einfach nicht!"

„Ich werde es ihm schon begreiflich machen! Verlaßt euch drauf!" mischte sich Cynthia ein.

Mr. Richstone stand auf. „Meine Damen und Herren, bald ist Geisterstunde", die Gäste lachten schal-

lend, „und dazu treffen wir uns in der Kellerbar! Auf Kosten des Hauses erhalten Sie ein Glas Champagner!"
Die Gäste klatschten begeistert.
„O schön, Champagner! Archilein, ich möchte auch Champagner trinken!" lockte Cynthia, und Archibald lächelte.
„Natürlich, Cynthia! Du bekommst alles, was du willst!"
„Wirklich alles?" hauchte sie spöttisch und stand auf.

Ohne sich weiter um die Gäste zu kümmern, war Charles in die Familiengruft geklappert, in der Eduard gerade Kunibert half, in die Rüstung zu steigen.
„Endlich steht mein Sarg wieder an seinem Platz!" Eduard sah stolz auf sein Schlafmöbel, das Gretchen Keck mit Möbelpolitur gereinigt hatte.
Dragomir jammerte und winselte herzzerreißend.
„Nix zu machen, Dragomir! Du kannst heute nicht los! Du mußt dich schonen! Wenn wieder diese blöden Dorfgänse hinter dir herjagen, dann hast du

keine Chance gegen sie!“ schimpfte die Baronessa und bürstete sein Fell.
„Vielleicht will er einer vierbeinigen Schönheit den Hof machen?“ lästerte der Vampir, und Kunibert kicherte albern. „Und will sich mit einem vierbeinigen Rivalen duellieren, hä, hä, hä!“
„Na, wartet“, bellte Dragomir, „wartet nur, bis es mir wieder besser geht!“
„Auf alle Fälle legst du dich jetzt schlafen!“ bestimmte Agatha.
„Charles, bringen Sie dem Grafen eine heiße, gut gefüllte Wärmflasche“.
„Natürlich, Baronessa, natürlich! Graf Julian ist, wenn Sie mir gestatten dies zu berichten, heute angekommen!“
„Julian?“ riefen sie.
„Na, endlich mal etwas Erfreuliches!“ kicherte Agatha.
Charles verneigte sich und sagte: „Mr. Richstone hat befohlen ...!“
„Dieser Fettkloß hat gar nichts zu befehlen!“ ergänzte Agatha und brachte Charles mit einer unwilligen Handbewegung zum Schweigen.
„Charles, leihen Sie mir den Leuchter!“ Gekränkt gab er ihr den Leuchter und klapperte davon.
Eduard hüstelte, stupste Kunibert in die Seite und sagte: „Noch was, Kuni! Danke, daß du meinen Riß im Cape repariert hast!“
„Was?“ Kunibert war erstaunt. „Ich war das nicht! Ich habe ...“, nachdenklich hielt er inne und sagte: „das junge Mädchen ...!“

„Das junge Mädchen?“ wiederholte Eduard sofort höchst interessiert.
„Ja“, Kunibert nickte zustimmend, „gestern saß sie auf meiner Truhe und hat das Cape genäht!“
Eduard lächelte, betastete den genähten Riß und hielt ihn schnuppernd unter die Nase.
„Du hast recht! Das war Sabine!“
Er überhörte das lästerhafte Gekicher von Agatha und Kunibert, setzte seinen Sturzhelm auf und verließ die Familiengruft.
„Den hat es aber erwischt!“ witzelte Kunibert.
„Na, dann wollen wir uns ein wenig die Füße vertreten! Komm, Kunibert!“ Die Baronessa hängte sich bei ihm ein, und er führte sie vorsichtig die Kellertreppe hinauf.

Rick, Amy und Steve hatten beim Essen Langeweile bekommen. Dauernd wurden sie von den Eltern ermahnt und ernteten auch bei jedem Spaß böse Blicke.
So trieben sie ihr Unwesen im Vestibül weiter. In ihrem Spiel war der Platz hinter der Rezeption eine

hervorragende Festung und ein gutes Versteck gegen einfallende Indianer. Plötzlich hielt Amy inne. „Seht mal!“ sie zeigte auf zwei Gestalten, die immer näher kamen.
Die Baronessa und der Schwarze Ritter schlurften an die Anmeldung, blieben stehen und sahen sich um: „Ein schreckliches Möbel, nicht wahr?“
Kunibert nickte grimmig.
„Guckt mal“, raunte Amy, „die alte Frau ist barfuß, und der andere hat ‘ne Rüstung an!“
„Mein Vater hat gesagt, wenn Menschen alt werden, dann werden sie oft wunderlich!“ flüsterte Rick.
„Ob in der Rüstung der Kellner steckt?“
„Quatsch, der ist doch im Speisesaal!“
„Ich hab’ mir Gespenster und Geister ganz anders vorgestellt!“ flüsterte Amy enttäuscht. „Die sehen nur komisch aus!“
„Das sind keine Gespenster, das sind Verrückte!“ sagte Steve.
„Wollen wir sie erschrecken?“ kicherte Rick.
Steve und Amy nickten begeistert. Mit Geschrei und Pistolenknallen stob die kindliche Meute hervor und umkreiste Kunibert und Agatha.
Nach einem Moment des Schreckens zog Agatha die Augenbrauen hoch und meinte trocken: „Nun gut! Ihr habt euren Spaß gehabt. Wir sind sehr beeindruckt, aber jetzt müssen wir weiter!“
„Etwa geistern?“ lästerte Rick.
„Natürlich junger Mann, wenn du keine weiteren Fragen hast.“

„Beweisen Sie, daß es keine Show ist!“ forderte Steve frech und baute sich vor Agatha auf.
„Kein Problem! Schau gut her!“
Die Baronessa kicherte boshaft und befahl: „Kunibert, nimm deinen Kopf ab!“
Der schwarze Ritter lachte blechern und klemmte seinen Kopf unter den Arm.
„Iiih“, kreischte Amy und rannte entsetzt davon.
Die beiden Jungen spritzten hinter ihr her.
„Wir haben nix verlernt, nicht wahr, Kunilein!“ strahlte die Baronessa.
Der alte Ritter grinste glücklich: „Ach, es gibt nichts Schöneres als ein erfolgreiches Geistern! Besonders, wenn man ein so dankbares Publikum hat!“
Kunibert, wieder mit Kopf, reichte Agatha galant den Arm, und einträchtig schlurften sie den Gang entlang.
Die Kinder hatten sich auf die Stufen der Freitreppe, die zur Ahnengalerie führt, geflüchtet und machten mißmutige Gesichter.
„Und ich sag' euch, das war nur ein Trick! Wir hätten bleiben sollen. Vielleicht hätte ihn der Alte uns verraten!“ meinte Steve schlecht gelaunt.
„Ach, komm, gib es schon zu, Steve, du hast dich auch gegruselt!“ stichelte Rick.
„Klar, zuerst bin ich auch draufreingefallen, aber jetzt ..., ich sag' euch, es gibt keine Gespenster, nie gibt's die!“ verteidigte sich Steve.
Um nicht entdeckt zu werden, drückten sie sich dicht an die Wand und versteckten sich in der nächsten

Nische, als sie Mr. Richstones Stimme hörten: „Los, los, beeilt euch! Denkt daran bevor die Gäste zur Kellerbar gehen, habt ihr euren ..."
„... Auftritt!" seufzte Sebastian. Hinkend stellte er sich in die gegenüberliegende Nische. Die neue Plastikrüstung, die Herr Färbel gebracht hatte, drückte am ganzen Körper. Auch Klaus zerrte an seinem Cape.
„Herr Färbel hätte uns ruhig ein paar bequemere Kleider besorgen können! Das Cape ist zu klein!"
„Ruhe!" herrschte Mr. Richstone und winkte Sabine.
„Der Hut ist mir zu viel groß, er paßt nicht!" klagte Sabine.
„Herr Färbel bringt Ihnen morgen einen anderen mit!" unterbrach er sie ungeduldig. „Heute wird es wohl so gehen!"
„Na, was hab' ich euch gesagt! Schon wieder eine Show! Es gibt keine Geister und Gespenster!" zischte Steve und genoß die Bewunderung von Amy und Rick. Er kramte in seiner Hosentasche und holte eine Schleuder und ein paar Kieselsteine hervor.
„Damit bringe ich die ‚Geister' zum Tanzen!" meinte er, und Rick und Amy fanden die Idee großartig.
„Ruhe, die Gäste kommen, ich mache jetzt das Licht aus!" hörten sie Mr. Richstone.
Lachend und schwatzend kamen die Besucher hinter Julian und Cynthia her, die Archibald in ihre Mitte genommen hatten.
Bobby Duncan, ein Gast der alleine reiste, wich Cynthia nicht von der Seite und schwatzte auf Ar-

chibald ein: „Mr. Gruftenstein, Ihre Braut ist great!“
Archibald lächelte grimmig. Noch einer, der ihm ins Gehege kommen wollte.
Immer wieder blieben die Gäste vor den Waffen und Bilder an den Wänden stehen und waren hell entzückt über die Größe und das Alter des Schlosses.
„It’s so wonderful!“ kreischte Mrs. Qualoni.
„Wonderful?“ brummte ihr Mann. „Im ganzen Schloß gibt es nur ein Badezimmer!“
In diesem Moment gab Mr. Richstone das Zeichen. Künstliche Nebelschwaden wallten auf, in denen Sabine auf und ab wandelte.
Cynthia starrte drohend auf die Erscheinung und lächelte böse: „Da ist ja mein Hut! Sie hat meinen Hut auf! Der werde ich es geben!“
Sie schwebte zu Sabine, gab ihr einen wenig damenhaften Tritt vor das Schienbein und schubste sie gegen Mr. Richstone. Dann begann sie mit ihrem verblüffenden Repertoire.
Mit blitzartigen Bewegungen schwebte sie weit über dem Boden mal hierhin, mal dorthin, fiel zusammen und lag regungslos auf dem Boden, um sich gleich wieder aufzurichten. Ihre Augen funkelten giftgrün, und im Schein der Fackeln schlugen ihre Blicke wie Blitze ein.
Zwischendurch stieß sie ein unheimliches, schmachtendes Stöhnen aus, das in den langen Gängen als vielfaches Echo widerhallte und war dann mit einem Mal verschwunden.
Die Hotelgäste klatschten begeistert.

Mr. Richstone tröstete Sabine leise, zwinkerte ihr aufmunternd zu und tätschelte ihre Wange: „Lady Cynthia hat eben ein paar Tricks mehr auf Lager als Sie! Aber sie machen das beim nächsten Mal genauso gut.“ Er gab Klaus ein Zeichen, der mit dem Leuchter aus der Dunkelheit erschien, sein Cape schwang und die angeklebten Eckzähne fletschte.
Für Steve war dies genau der richtige Moment. Er zielte mit der Schleuder auf Klaus' Kehrseite, traf aber nur eine brennende Kerze im Leuchter, die auf den Boden fiel.
Weil es aussichtslos war, noch einen Schuß anzubringen und weil sie sich vor Folgen fürchteten, stoben die Kinder in Windeseile auf und davon.
Für Kräsch, der sich bisher dicht an Julian gehalten hatte, war dies ein Aufbruchszeichen.
Er riß sich los, rannte fast Mrs. Qualoni um, sauste die Treppe hinunter und ließ Rote Gräfin Rote Gräfin sein.
Archibald schloß gequält die Augen. Das ganze Theater war einfach lächerlich. Er zog sich mit Julian in die Bibliothek zurück und wartete besorgt auf Cynthia. Immer wieder blickte er auf ihr Bild und sah zur Uhr. „Hoffentlich macht sie nichts Unüberlegtes!“ murmelte er.
Julian nickte: „So was Blödes aber auch. Es ist zum Auswachsen, daß dieser Richstone die Hypotheken aufgekauft hat. Ich kann diesen fetten Amerikaner nicht ausstehen!“
„Wem sagst du das!“

„Ich gehe jetzt Kräsch suchen, und dann besuch' ich vielleicht noch Kunibert und Tante Agatha!" Julian schlenderte durch die Gänge, leuchtete mit der Taschenlampe in die Ecken, aber nirgends tauchte eine schwarze Nasenspitze mit Fransen auf.
Als er um eine Ecke bog, stand plötzlich Sabine vor ihm. Julian sagte richtig cool, obwohl sein Herz klopfte und der Magen kribbelte: „Hi, Sabine! Du warst einfach toll!"
„Danke! Nur war ich das leider nicht! Diese Show haben wir nicht mir zu verdanken. Du kannst mir aber helfen, den ganzen Kram in die Besenkammer hinunter zu tragen!" Sabine packte die Theaterausrüstung und ging voran.
Cynthia hatte sich schon eine ganze Weile unsichtbar in Sabines Nähe aufgehalten. Sie war außer sich vor Zorn. Mit ihren langen, spitzen Fingernägeln würde sie ihrer Rivalin die Augen auskratzen.
„Na, warte", dachte sie und folgte dem Mädchen. Und in dem Moment, als Sabine sich bückte und die einzelnen Teile auf den Boden in der Besenkammer stellte, sperrte sie die Tür zur Besenkammer hinter ihr ab.
Cynthia lachte schaurig und zischte: „So, meine Liebe, ich bin die Rote Gräfin! Nur ich! Und zwar immer! Merk' dir das! Mir kommt keine in die Quere! An keinem Montag, an keinem Dienstag, an keinem Tag der Woche!"
Für eine kurze Zeit hatte Sabine panische Angst, doch dann fiel ihr Julian ein, und sie hämmerte wie

wild gegen die Tür: „Julian! Julian! Schließ die Tür auf. Mach' auf, Julian! Bitte, bitte!"
Aufgeregt eilte Julian zur Besenkammer und schloß auf. Sabine umarmte ihn schluchzend.
„Was ist denn passiert?" fragte er besorgt.
„Sie ... sie hat mich eingesperrt!" sagte sie tonlos.
„Wer?"
„Die Frau, die mir vorhin die Show gestohlen hat! Die, die dieser Cynthia unheimlich ähnlich sieht."
Julian dämmerte es, daß Cynthia genau diese Frau war, und er lenkte Sabine schnell ab, indem er ihr eine Spaziergang vorschlug.

Sehr mit sich zufrieden war Cynthia in die Bibliothek gewechselt, und Archibald strahlte, als er sie sah.
„Cynthia, schön, daß du mich nicht vergessen hast!"
„Aber Archilein, wie könnte ich denn?" zwitscherte sie und zupfte an seinen dünnen Haaren.
„Nun, man hört so einiges!"
„Ach, ja?"
Ihre Blicke kreuzten sich.
„Bestimmt hat dir Eduard ein paar Lügen aufge-

tischt! Der schnüffelt doch überall herum. Armer Eduard, ständig auf der Suche nach Opfern."
„Sind es denn Lügen?" forschte er, und ein eifersüchtiger Unterton ließ sie aufhorchen.
Sie lächelte, warf ihre roten Locken in den Nacken und sah ihn herausfordernd an: „Wem würdest du mehr glauben, mir oder einem alten schwatzhaften Vampir?" Ihr Gesicht wurde sehr durchsichtig, und ihre Augen funkelten giftgrün.
„Natürlich ... dir!" sagte Archibald schnell.
Wohlwollend nickte sie: „Archilein, gehen wir ein wenig auf den Wehrgängen spazieren?"
Er lächelte gequält: „Ich würde gerne, aber das Gehen bereitet mir noch große Beschwerden!"
„Oh, das tut mir aber leid! Das habe ich vergessen. Hast du noch große Schmerzen?"
Archibald nickte.
„Das geschieht dir recht!" sagte sie schnippisch.
„Wie bitte?"
„Das ist die Strafe dafür, daß du es zuläßt, daß dieser Dicke eine andere Rote Gräfin engagiert hat!" zischte sie.
„Aber Cynthia! Was ...?"
„Wie fandest du eigentlich meinen Auftritt?" unterbrach sie ihn, setzte sich in Pose und wartete lauernd auf seine Antwort.
„Oh, großartig! Du hast dich selbst übertroffen meine Liebe!"
Cynthia nickte zufrieden.
„Cynthia, ich glaube fast, du bist eifersüchtig! Meinst

du vielleicht, daß mir Sabine als Rote Gräfin besser gefällt?“ stellte er glücklich fest.
„O nein“, entrüstet wies sie diese dreiste Unterstellung von sich, „ich war schon acht Mal verlobt, da ...“ nachdenklich hielt sie inne, „... oder waren es neun? Na, ist ja auch egal! Da ist man nicht mehr eifersüchtig!“
Archibald seufzte, gegen Cynthias uralte Logik kam er nicht an.

Dragomir war - unbemerkt von den anderen - vor all dem Getöse im Schloß in den alten Schweinestall geflüchtet. Hier hatte er Ruhe vor lauten Amerikanern, Türenschlagen und Treppengepolter. Hier konnte er in aller Ruhe seine Wunden pflegen und warten, bis der Vollmond ganz abgenommen hatte. Im Stroh liegend schaute er sich interessiert um. Er war schon lange nicht mehr hier gewesen, aber etwas im Stall störte ihn. Er stand auf und trottete schnuppernd durch den Raum.
Irritiert hielt er inne. Das war doch ...!
Natürlich - das war sein großer Labortisch! Er stand

in einer Stallecke, beladen mit Kisten und Kartons, aus denen seine Flaschen und Phiolen herausschauten. Dragomir zog die Lefzen hoch: „Das hast du mir eingebrockt, Archibald! Oh, wie werde ich mich an dir rächen! Schnurstracks werde ich ins Schloß jagen und dir den Garaus machen!"
Er bellte wütend. Doch dann machte er dicht neben der Türe einen noch fest verschlossenen Karton aus. Hier roch es nach Glas und neuem Gummi.
Begierig riß er ihn auf: neue Reagenzgläser und Kolben in allen Größen, Plexiglasschläuche und ... ein neuer moderner Bunsenbrenner. Aufgeregt roch er an allen Gegenständen und wälzte sich vor Freude im Stroh. Hier würde er bleiben. Endlich hatte er ein eigenes Labor und Zeit, seine Experimente zu vollenden! Zufrieden rollte er sich zusammen und nickte ein.

Fast zur gleichen Zeit kehrte Eduard von seinem nächtlichen Flug zurück. Ein Blumensträußchen in der Hand, machte er sich erwartungsvoll auf den Weg zu Sabines Zimmer. Er wollte sich für die Na-

delarbeit bedanken und - angewidert hielt er inne und schnupperte. Irgendetwas lag in der Luft. Mißtrauisch schnupperte er intensiver und spukte verächtlich aus.
Pfui Teufel, das durfte doch nicht wahr sein! Knoblauch? Hier im Schloß? Durch die ganze Ahnengalerie zog ein starker Knoblauchduft.
Sofort meldete sich ein starker Husten, und Eduards Augen schwollen an.
Angewidert hielt er sie sich zu Nase zu, warf wütend die Blumen weg und eilte zur Familiengruft.
Buntes zuckendes Laserlicht, stampfende heiße Rockmusik und lautes Gelächter schlug ihm entgegen, als er an Dragomirs ehemaligem Labor anlangte.
Mindestens ein Dutzend Leute saßen an der neuen Bar und - er traute seinen entzündeten Augen kaum - Agatha mitten unter ihnen.
„Oh, Graf Eduard, schön, daß sie zu uns stoßen! Ihre Tante ist toll, sie trinkt den Whisky wie Wasser! Für eine Dame von dreihundert Jahren ist das eine ganz schöne Leistung!“ lachte Mr. Richstone begeistert.
Und die Baronessa trank zum Beweis mit einem Zug ein großes Glas Wiskey leer.
„Für meine 329 Jahre habe ich mich gut gehalten, was?“ kicherte Agatha und stürzte den nächsten Whisky hinunter.
Verwundert hob Eduard das Glas mit der blutroten Flüssigkeit hoch, das ihm Mr. Richstone mit einem aufmunternden ‚Prost‘ in die Hand gedrückt hatte.

Er zögerte, leerte das Glas mit einem Zug und schnappte nach Luft.
„O Graf! Ihre Tante hat erzählt, daß sie wonderful tanzen können“, zwitscherte Mrs. Fairbanks und zog ihn auf die Tanzfläche.
Inzwischen zeigte der Alkohol seine Wirkung, und Eduard wackelte mit den Hüften, schwang die Arme und drehte sich wirbelnd, bis er völlig erschöpft in seinen Sarg fiel und schnarchend einschlief.

Da es im ganzen Schloß nur ein Badezimmer gab, standen die Gäste am nächsten Morgen Schlange und warteten mißmutig und mit verkaterten Gesichtern darauf, sich frisch zu machen.
Von Romantik war da nichts zu spüren.
Übellaunig saßen sie auf Kuniberts Truhe oder hämmerten an die Tür, wenn jemand zu lange brauchte.
Einer gab dem anderen die Klinke in die Hand, und das ging den ganzen Tag so.
Charles machte bereits wieder seinen Rundgang, um die einzelnen Familienmitglieder zu wecken, als die letzte Hotelgäste das Badezimmer endlich freigaben.

Zwischendurch ging Charles in die Küche, in der Gretchen Blutwurstbrötchen dekorativ auf eine silberne Platte legte und ihm zum Servieren in die Hand drückte.

„O Charles! Haben Sie gut geschlafen?"

„Danke, Gretchen, danke! Ich habe sehr gut geschlafen, wenn Sie mir gestatten, dies zu bemerken!"

Der alte Schloßkastellan strahlte über sein knochiges Gesicht.

Im Vestibül begegnete er Mr. Richstone, der ihn mit seinem dicken Zeigefinger heranwinkte: „Hallo, Charles! Gut, daß ich Sie treffe! Bitte sagen Sie den Herrschaften, daß ich sie fünfzehn Minuten vor Mitternacht in der Nische neben der Wendeltreppe erwarte! Und Charles - heute sehen Sie wirklich großartig aus!"

„Danke Mr. Richstone. Danke!"

„Wie ein Skelett, hä, hä", kicherte der Dicke albern und ließ seine Hosenträger schnalzen.

„Wie Sie meinen, Mr. Richstone!"

Der alte Schloßkastellan war beleidigt und stelzte davon, um Agatha zu wecken. Sie gähnte, reckte und streckte sich und öffnete die Tür zu Dragomirs Kammer. Die Kammer war leer, Dragomir lag nicht auf seiner Decke.

Agatha eilte fassungslos zu Eduards Sarg und schob den Deckel beiseite. Stöhnend richtete sich Eduard auf und hielt seine Augen halb geschlossen: „Bist du irrsinnig? Was soll denn das? Verschwinde!"

„Dragomir ist nicht da", sorgte sie sich und klopfte

aufgeregt mit ihrem Stock auf den Boden, „komm sofort da raus und hilf mir.“
„Na und! Er ist alt genug, er kann seine Nächte verbringen, wo immer er will!“
„Es geht nicht um die Nacht, sondern um den Tag, den hellichten Tag! Auf seiner Decke hüpfen nur die Flöhe, und jetzt ist es schon wieder dunkel. Vermutlich sitzt er irgendwo im Wald in einer Höhle und traut sich nicht raus oder ... !“
„Was? Den ganzen Tag? Wir müssen ihn suchen!“ Mit einem Ruck setzte Eduard sich auf, um sich gleich darauf mit einem kläglichen Wimmern seinen Kopf zu halten, in dem sich alles überschlug. Er schielte Agatha von unten her an: „Sag mal, wie geht es dir eigentlich?“
„Mir könnte es nicht besser gehen. Es geht doch nichts über eine kleine Party - aber lassen wir das, ich bin nicht die alte, solange Dragomir nicht da ist!“ meinte Agatha und stupste Eduard an.
Charles hatte zwischenzeitlich die Platte mit den Blutwurstbrötchen geholt und stellte sie wortlos ab.
„Charles! Haben Sie Graf Dragomir gesehen?“
„Ich habe ihn noch nicht gesehen, wenn Sie mir gestatten, dies zu bemerken! Mr. Richstone ...!“
„Der kann mich mal! Ich habe jetzt andere Sorgen!“ fauchte Agatha.
Charles zog erstaunt seine Augenbrauen in schwindelnde Höhe, verbeugte sich und klapperte vor sich hinmurmelnd davon: „Eine Sprache wird in diesem Haus gesprochen, seit sich einiges geändert hat ...!“

„Reg' dich nicht auf und laß uns anfangen! Ich drehe ein paar Runden über dem Blomberg, überfliege den Park und das Wäldchen!" beruhigte Eduard Agatha. Er hüllte sich in sein Cape und setzte den Sturzhelm auf. Flugfertig, mit Agatha am Arm, traf er im Foyer Mr. Richstone, der mit Bobby Duncan zusammenstand.
Mr. Richstone zog unwillig die Augenbrauen hoch: „Sind Sie verrückt geworden in diesem Aufzug vor den Gästen zu erscheinen, und ...!"
„Ach seien sie still!" Eduard packte ihn am Kragen, seine Augen glimmten blutrot auf. „Und noch was, mein Dicker: Der Knoblauch muß verschwinden! Ich bin gegen Knoblauch allergisch!" Mit diesen Worten schwang er sein Cape und weg war er.
Bobby Duncan fiel die Zigarre aus dem Mund.
Agatha bückte sich fix, hob sie auf und meinte beifällig: „Columbianische Havanna! Erste Auslese! Nicht schlecht! Haben Sie noch mehr davon? Und in welchem Gemach?"
Er nickte perplex: „Im Erkerzimmer!"
„W...wie machte er das?" flüsterte Mr. Richstone heiser.
Agatha zuckte mit den Schultern und sagte gelangweilt: „Das weiß ich nicht! Glauben sie mir aber, er ist ein ausgezeichneter Vampir! Er hat eine sehr feine Nase und findet auf Anhieb ihre Blutgruppe heraus. Und wenn er gut drauf ist, sogar den Rhesusfaktor!"
„Wirklich?"
Ungläubig sahen sich die beiden Männer an.

Freundlich nickend stützte sie sich auf ihren Handstock, hinkte davon und stieß beinahe mit Julian zusammen: „Endlich seh' ich dich mein Junge!"
„Schön dich zu sehen, Tante Agatha. Wie geht es dir, wie geht es Onkel Dragomir? Ich wollte euch schon eine ganze Weile besuchen, aber ..."
Agatha zog hastig an ihrer Zigarre und blies eine Reihe blauer Kringel in die Luft: „Dein Onkel ist nicht da und auch den ganzen Tag nicht nach Hause gekommen - und jetzt ist es schon wieder dunkel! Er ist ja so naiv, daß er glatt in eine Falle tappt!"
Bevor Julian antworten konnte, wurde er von Sabine gerufen. Sanft errötend schaute er seine Tante an und machte eine entschuldigende Handbewegung.
Sie nickte ihm listig zu: „Nun geh schon, mein Junge! Du wirst erwartet!"

Rick, Amy und Steve waren auf Erkundungsgang gewesen und hatten das Schloß unsicher gemacht. Im Glockentürmchen hatten sie durch ihr Geschrei die dort hausenden Fledermäuse aufgeschreckt, und

durch die schmalen Fensternischen hatten sie ein Wettspucken veranstaltet. Als sie gerade die Wendeltreppe hinabstiegen, hörten sie Schritte und versteckten sich schnell.
„Seht mal, da ist wieder die Alte!“ flüsterte Rick.
„Psst! Duckt euch!“
Gespannt beobachteten sie aus ihrem Versteck heraus die Baronessa. Agatha hinkte zu Kuniberts Truhe und pochte energisch auf den Deckel.
„Na los, Kunibert! Komm, steh’ endlich auf! Es ist schon zehn Uhr!“
Kuniberts blasses, verschlafenes Gespenstergesicht kam zum Vorschein: „Schon so spät!“
„Dragomir ist nicht da!“ sagte die Baronessa.
„Na und! Er kann doch seine Nächte verbringen wo immer ...“
„Nächte schon, aber nicht den ganzen Tag! Eduard ist schon auf der Suche nach ihm.“
„Wirklich? Da muß was passiert sein!“ sagte er und nahm seinen Kopf ab und legte ihn in seinen Schoß.
„Komm schnell, zieh dich an!“ Agatha schob Kunibert mit sich.
Zutiefst erschrocken über den kopflosen Kunibert rannten die Kinder davon.

Mr. Richstone eilte die Treppe hinunter und hielt abrupt inne, als er Cynthia anmutig mit ihren Locken spielend einen Meter über dem Treppengeländer schweben sah.
„Hallo, Mr. Richstone!“ säuselte sie. „Erkennen Sie mich wieder?“
Der Dicke schluckte: „Sie sind die Dame von gestern Abend! Sie sehen der Roten Gräfin unheimlich ähnlich!“
„Kein Wunder, Mr. Richstone, Sie sagen es, denn ich bin es!“
Mr. Richstone wurde der Kragen eng, doch Lässigkeit vorgebend drohte er ihr mit dem Zeigefinger: „Mein Kompliment, Ihr Auftritt gestern Nacht ...“
„... war einfach brillant, nicht wahr Mr. Richstone? Und damit Sie es wissen, ich bin hier die Rote Gräfin, nur ich allein, und Sie sorgen dafür, daß ich allein es bleibe!“
Cynthia hängte sich lächelnd bei ihm ein und ignorierte das Klappern seiner Zähne.
Wie hypnotisiert glotzte Mr. Richstone Cynthia an: „Sie sind ..., Sie sind die Rote Gräfin und gleichzeitig die schönste Frau, die ich kenne, Lady! Wenn ich jünger wäre, ich glaube, ich könnte alles für Sie tun!“
Cynthia setzte sich - wenn möglich - noch mehr in Pose und fragte begehrlich: „Oh, wirklich? Wollen Sie wirklich immer mit mir zusammensein? Wollen Sie wirklich für mich sterben? Sie ahnen gar nicht, wie glücklich Sie mich machen. Tag für Tag einsam

im Bilderrahmen, nur das Ticken der Holzwürmer und das Warten auf die Dunkelheit!“

„Sterben? Bilderrahmen? Was ... was wollen Sie damit sagen?“

Mr. Richstone starrte Cynthia voller Mißtrauen an.

„Sie brauchen keine Angst zu haben, ich helfe Ihnen! Sie dürfen sich das Gift selbst aussuchen! Denken Sie nur - in Zukunft immer mit mir zusammen!“

Mr. Richstone schüttelte energisch den Kopf. Ihre Blicke kreuzten sich, und Cynthia zischte: „Sie sind ein Feigling wie alle anderen auch! Aber Schwamm drüber, sprechen wir dafür von meiner Gage!“

Ungläubig riß er die Augen auf.

„Sagen Sie, was bekommt Sabine für ihren nun, das müssen Sie doch selbst zugeben, sehr plumpen Auftritt?“

„Zehn Mark!“

„Ich will das Doppelte! Also vierzig!“

„Was?“ fragte er entrüstet. „Zweimal zehn ...“

„Sind vierzig!“ Lächelnd beugte sie sich zu ihm herab und sagte sanft: „Mich kann man nicht hinters Licht führen!“

Mr. Richstone lachte und drosch sich auf die drallen Oberschenkel: „Archibald könnte noch ‘ne Menge von Ihnen lernen!“

„Gut, dann wäre das Geschäftliche geregelt! Fünfzig Mark pro Abend!“

„Wieso fünfzig Mark? Gerade sagten Sie vierzig!“

Die Komteß lächelte geheimnisvoll: „Nun ja, alles hat seinen Preis.“

Mr. Richstone saß auf Kuniberts Truhe und überprüfte das Band mit den Schauergeräuschen und die Lautsprecher. Es war schon fast Mitternacht, und von der Gruseltruppe war noch keiner erschienen. Nachdenklich und etwas ärgerlich kratzte er sich am kahlen Schädel. Geister? Pah! Gespenster? Ein Ammenmärchen für Kinder! Und trotzdem nagte der Zweifel an ihm.
Schon verließen die Gäste angeregt schwatzend den Speisesaal, als er endlich Blechgeschepper und das regelmäßige Klopfen eines Handstockes näher kommen hörte.
„Würden Sie bitte von der Truhe aufstehen!" bat Kunibert, der plötzlich vor ihm stand.
„Machen Sie den Mund wieder zu", kicherte Agatha, „und stehen Sie endlich auf!"
Völlig überrumpelt trat er zur Seite, und Kunibert öffnete seine Truhe und holte Streitschwert und Schild heraus.
„Es kann losgehen! Agatha, bist du soweit?"
„Gehen Sie sofort in die Nische! Wenn die Nebelschwaden erscheinen, und ich das Tonband ..."
Mit einer unwilligen Handbewegung brachte die Baronessa den Dicken zum Schweigen: „Wir brau-

chen diesen Schnickschnack nicht! Wir machen das selbst! Kuni, komm!“
Sie klopfte dreimal mit ihrem Handstock auf den Boden, und eine riesige Nebelwolke kroch über den Boden der Ahnengalerie, dazu ertönte ein Stöhnen zum Steinerweichen.
Ohne Vorwarnung schlug Kunibert zu. Sein Schwert fegte mit einem Streich durch Agathas Hals, was ihr ein schauriges Kichern entlockte. Mit einem gurgelnden Schrei fiel ihr Kopf herab und sie sank blutüberströmt zu Boden.
Einige der Gäste schrien entsetzt auf, und es herrschte Totenstille.
Dann reichte der Schwarze Ritter der kopflosen Dame galant die Hand, und Agathas Kopf auf dem Schild balancierend gingen beide ein paar Schritte und lösten sich in Luft auf.
Ungläubiges Gemurmel setzte ein, das schlagartig wieder abbrach, als nun Komteß Cynthia direkt auf die Gäste zuschwebte. Sie pustete, und in der Luft bildete sich eine Wirbelsturm, der die Kleidung der Besucher aufbauschte.
Durch das Sturmsausen kreischte sie grell und sirenenartig, daß alle zurückwichen und in fast schierem Entsetzen die Arme um sich schlugen.
Zum Schluß stieß sie sich mit einem Dolch mehrmals ins Herz, bevor sie mit einem herzzerreißenden Ächzen zerfiel.
Die Gäste wußten nicht so recht, ob sie klatschen oder sich fürchten sollten.

Sie standen zusammen, tuschelten und waren stark verunsichert Aber nicht lange, denn Mr. Richstone, dem selbst nicht ganz wohl war, lud alle auf Kosten des Hauses in die Bar ein. Bald darauf war eine heiße Diskussion über die gerade gesehenen Tricks und Zaubertricks im allgemeinen im Gange.

Mr. Richstone saß wie ein Häufchen Elend zwischen seinen Gästen und trank mehr als für ihn gut war. Er hatte das Gefühl, daß er die Sachlage nicht mehr so ganz überblickte.
Sabine, die bediente und alle Hände voll zu tun hatte, stahl sich für einen Moment ins Freie.
Draußen war eine sternenklare Nacht, die Luft war mild und lau, und weit oben am Himmel zog eine riesige Fledermaus kunstvoll ihre Kreise über dem Schloß.
Sabine hatte ein eigenartiges Gefühl, besonders wenn sie an den gestrigen Abend dachte.
Eduard, der auf seiner Suche nach Dragomir gelangweilt eine Schleife nach der anderen über Gruftenstein gedreht hatte, hatte sie sofort erkannt, und

vor lauter Aufregung und Herzklopfen landete er ziemlich unsanft in einem Dornbusch.
Lautlos schlich er hinter Sabine her und stand zu ihrem Schrecken unversehens vor ihr, als sie sich auf eine kleine Bank setzte.
„Ach, Sie sind es nur", lachte sie nervös, „ich dachte schon ..."
„Was dachten Sie Fräulein Sabine?" schmachtete Eduard hoffnungsvoll.
„Meine Nerven haben mir einen Streich gespielt! Ich habe gerade eine große Fledermaus gesehen! Das Schloß im Mondlicht ..., naja, bei all den komischen Dingen, die hier passieren, dachte ich doch wirklich an einen Vampir!"
„Vampir?" Eduard hüstelte gekünstelt: „Mögen Sie keine Vampire?"
Sabine lachte. „Diese Frage ist doch nicht Ihr Ernst, oder?"
„Natürlich nicht", beeilte er sich zu sagen, „nur glauben Sie mir Fräulein Sabine, seit Graf Dracula stehen wi..., stehen sie im schlechten Ruf! Ein wirklicher Vampir weiß die Schönheit einer Frau zu schätzen. Niemals würde er sie ohne ihre Einwilligung beißen!"
Eduards kaltes Herz schlug schneller. Sabines weißer Hals, die sanftbläuliche Ader, die im Mondlicht schimmerte, ließ ihn vergessen, daß er sich eigentlich für das Nähen seines Capes bedanken wollte.
„Fräulein Sabine", seine Stimme klang rauh, „ich bin ja so glücklich, Sie alleine anzutreffen."

Er beugte sich vor und säuselte weiter: „Ich finde Sie bezaubernd, ganz entzückend! Sie haben so einen wunderschönen Hals! Eine edle Linie, einfach zum Reinbeißen!“
„Wie?“
„Ich meine natürlich küssen!“ beeilte er sich zu sagen. Er rückte näher und küßte ihre Hand.
Sabine, der es langsam unangenehm wurde, stand auf: „Ich muß jetzt gehen! Gute Nacht, Edi! Für Sie wäre es auch besser, wenn Sie ins Haus gingen, ihre Hände sind eiskalt, sie leiden bestimmt unter niedrigem Blutdruck.“
„Gute Nacht Sabine!“ Traurig und enttäuscht blickte Eduard hinter ihr her.

Kurz vor Morgengrauen stubste Kräsch Julian, der ihn verängstigt unterm Küchentisch sitzend gefunden hatte, mit der feuchten Nase ins Gesicht. Julian schaute verschlafen auf die Uhr, drehte sich dann auf die andere Seite und zog die Decke über die Ohren. Kräsch gab jedoch keine Ruhe. Er tapste zur Tür, scharrte und gab knurrende Laute von sich.

„Na gut!“ murmelte Julian, stand auf, schlüpfte in die Hausschuhe und öffnete die Tür.
Freudig sprang Kräsch an Agatha hoch, die mit brennender Zigarre durch die Ahnengalerie hinkte.
„Tante Agatha! Du spukst noch? Die Geisterstunde ist doch längst vorbei!“
„Ach Julian! Ich mache mir Sorgen um Dragomir“ jammerte sie.
„Ich befürchte das Allerschlimmste! Entweder ist er im Kampf einem Dorfhund unterlegen oder einem Geisterbeschwörer in die Arme gelaufen!“
Doch selbst die größten Sorgen hielten sie nicht davon ab, ihren Vorrat an Zigarren aufzufüllen, als sie gerade am Erkerzimmer, in dem Bobby Duncan schlief, vorbeigingen.
Leise kichernd schlich sie ins Zimmer und ließ mindestens ein Dutzend Zigarren in ihrem bunten Gewand verschwinden, bevor sie weiter Richtung Familiengruft schlenderten.
Dort tobte ein wütender Eduard: „Seht euch meinen Sarg an! Nicht genug, daß ich, Eduard von Gruftenstein, zwei Nächte im Verließ schlafen mußte, weil mein Sarg als Werkzeugkiste mißbraucht wurde! Nein, jetzt wird er entwürdigt, indem er als Getränkedepot dient!“
Tatsächlich, in Eduards Sarg standen zwei Coca-Cola-Kisten, mindestens ein Dutzend andere Flaschen und dazwischen steckten Kühlakkus.
„Wo ist das Problem?“ sagte Julian und hob die Getränke aus dem Sarg.

„Na, bitte! Jetzt kannst du dich schlafen legen! Onkel Eduard...ich... Hast du noch ein bißchen Zeit?"
„Na, klar! Was ist los?"
„Tante Agatha hat erzählt, daß du mir helfen kannst. Da ist ein Mädchen und ich ...!"
„Ach, so? Du bist verliebt?"
Amüsiert setzte sich Eduard auf seinen Sarg und schnürte seine Turnschuhe auf.
Julian wurde rot: „Verliebt? Ich ... ich weiß nicht! Aber immer wenn ich sie sehe, bekomme ich Herzklopfen, Magenkribbeln, und ich kann auch an nichts anderes mehr denken als an sie!"
Der Vampir nickte, zog seine Socken aus und legte sie auf das alte Grammophon: „Du bist es, verlaßt dich drauf! Diese Symptome kenne ich bestens!"
„Ich hab'. große Schwierigkeiten, ganz cool mit ihr zu reden."
„Cool?" rief Eduard entsetzt. „Ja, bist denn von allen guten Geistern verlassen?"
„Wieso?"
Eduard holte tief Luft und dozierte: „Mit Kälte erreichst du bei Frauen genau das Gegenteil! Sie wollen deine glühende Leidenschaft spüren! Man fällt vor ihre Knie, man stellt Tausende von Rosen vor ihr Gemach und ..."
„Tausende?" rief Julian fassungslos.
„Na ja! Hundert tun es auch!"
Julian schluckte, überschlug gedanklich sein Taschengeld und fragte kleinlaut: „Kennst du nicht was billigeres?"

Mißbilligend sah Eduard ihn an und schnaubte verächtlich: „Billiger? Aber Julian! Deine Liebe zu ihr muß dir alles wert sein!"
Julian zog nachdenklich die Stirn kraus: „In der Familienchronik steht, daß du bei Frauen immer großen Erfolg hattest. Kannst du mir nicht ein paar Tips geben? Tante Agatha meint, daß du alle Tricks draufhast und ..."
„Das sind keine Tricks!" empörte sich der Vampir und griff theatralisch an sein Herz.
„Das sind Gefühle, die man nur ganz tief in seinem Herzen für jemanden, den man wirklich liebt, empfinden kann!"
Er legte seine kalte Hand auf Julians Schulter und sagte: „Na, gut! Also Lektion Nr. 1: Zuerst einmal besorgst du dir Blumen oder Konfekt", nachdenklich zwirbelte er an seinem Oberlippenbärtchen, „aber am wirkungsvollsten sind immer noch kleine Schmuckstücke, verstehst du? Wenn sie sich bei dir bedankt, dann ..., hier tritt Lektion Nr. 2 in Kraft, du schwärmst, wie schön sie ist. Sie ist es doch, oder?"
Julian nickte. „Wunderschön!"
„Das dachte ich mir!"
Eduard lächelte zufrieden. „Alle Gruftensteiner hatten eine Schwäche für schöne Frauen. Und dann preist du ihre Vorzüge. Du schwärmst von ihrem wunderschönen Hals, von ihren blaßblauen Adern, die so entzückend pochen und ..."
„Ich bin doch kein Vampir!"
„Oh, ja richtig, ich vergaß. Dann sind es eben ihre

Augen, ihr Mund, oder ihr Haar und dann, Lektion Nr. 3: Das Rendezvous! Du bittest sie um ein Treffen!"
„Treffen?" Julian riß entsetzt die Augen auf. „Du meinst, sie und ich ganz alleine?"
„Natürlich! Das ist doch die beste Gelegenheit sich ranzu ...", verlegen hielt Eduard inne und zwirbelte an seinem Oberlippenbärtchen. „Schaffe eine romantische Atmosphäre, alles andere ergibt sich von selbst!"
„Und das ist dann Lektion Nr. 4!" stellte Julian fest.
„Natürlich!"
„Und es gibt noch mehr Lektionen?" fragte er und errötete.
„Natürlich!"
Eduard hüstelte gekünstelt und knöpfte sein Cape auf: „Aber darüber unterhalten wir uns ein andermal!"
„Bist du sicher, daß es klappt?" Julian blieb skeptisch.
„Da bin ich mir ganz sicher und nun sieh zu, daß du ins Bett kommst! Ich muß jetzt in meinen Sarg steigen! Bald ist Sonnenaufgang!"

Wie am Tag zuvor standen die Hotelgäste Schlange vor dem einzigen Badezimmer im Schloß. Archibald, völlig genervt von dem ständigen Wasserrauschen und Gurgeln, machte sich auf den Weg zu Julian.
„Guten Morgen, ihr zwei!“ wünschte er und kraulte Kräschs Ohren.
„Guten Morgen!“ Julian grüßte verlegen, weil er gerade vergeblich vor dem Spiegel nach Bartstoppeln gesucht hatte, die er rasieren könnte.
„Das nervt, was?“ fragte Julian. „Seit einer Stunde ist das Badezimmer ständig besetzt! Ich hab' noch nicht mal die Zähne geputzt!“
„Mir geht es genauso! Komm, wir gehen frühstükken! Vielleicht ist dann das Badezimmer frei!“
Kräsch, als er das Wort Frühstück hörte, sprang mit einem Satz aus dem Bett, hüpfte auf die Türklinke, schubste die Tür auf und eilte schnurstracks zum Speisesaal. Sabine hatte Frühstücksdienst, und Julians Magen kribbelte und sein Herz klopfte laut, wenn er an Eduards Tips dachte.
„Guten Morgen, Sabine!“ Seine Stimme war ganz rauh.
Aufmerksam sah Archibald seinen Sohn an und lächelte wissend.
„Hi, Julian!“ rief das Mädchen gut gelaunt. „Guten Morgen, Herr Graf! Kaffee oder Tee?“
„Kaffee bitte!“
„Okay und du? Milch oder Kakao?“
„Wie? Ach, so! Nein, ich möchte auch Kaffee!“
Kräsch stupste Sabine am Knöchel. Sie lachte,

zauste seine Fransen und gab ihm eine Scheibe Speck, die er gleich gierig verschlang.
„Ich wußte gar nicht, daß du Kaffee magst?“ spottete Archibald.
Julian ignorierte die Bemerkung seines Vaters und würgte mit Todesverachtung den Kaffee hinunter.
„Du, Archi, fährt der Bus nach Heuchlingen immer noch zur gleichen Zeit?“ erkundigte sich Julian.
„Natürlich! Es hat sich nichts geändert! Hast du etwas Besonderes vor?“
Der Junge gab sich cool. „Ne, eigentlich nicht! Ich möchte nur ein bißchen bummeln!“
Als sie vom Frühstück zurückkamen, standen die Gäste in Trauben vor dem Badezimmer, denn auf der Truhe davor saß eine Ritterrüstung und hielt steif und starr ein Comic-Heft in den eisernen Händen.
„Sieh mal Archi“, flüsterte Julian entsetzt, „Kunibert hat den Sonnenaufgang verpaßt!“
„Ach, du liebe Zeit“, stöhnte der Graf, „auch daß noch! Na, das kann ja heiter werden. Als er das letzte Mal den Sonnenaufgang verpaßt hatte, war er drei Wochen lang schlecht gelaunt!“
Die Hotelgäste kicherten verlegen und sahen immer wieder zu Kunibert, und keiner wollte zugeben, daß die Sache nicht ganz geheuer war.
Als sich Mr. Qualoni, der sich über die Ängstlichkeit der Damen amüsierte, auf die Truhe plumpsen ließ und Kunibert auf die Schultern klopfte, fiel Kuniberts Kopf mit einem lauten Knall herunter.

Durch den Gang erscholl ein schauriges Stöhnen, und der Kopf kicherte blechern.
Ungläubiges Gemurmel breitete sich bei den Hotelgästen aus.
„Habt ihr das gehört? Der Kopf hat gekichert“, tuschelte Rick leise.
Steve schluckte und gab sich gelangweilt: „Mann, wann glaubt ihr mir endlich, daß das nur Tricks sind?“
Sebastian und Klaus eilten herbei und trugen die Rüstung in die Besenkammer.
Mr. Richstone löste die Spannung, indem er alle Gäste aufscheuchte, als er mit gezwungener Heiterkeit rief: „Meine Herrschaften, Sie müssen sich beeilen. Unsere Dampferfahrt auf dem Drommelsee wartet nicht.“
Bobby Duncan, der eine große Schwäche für Antiquitäten hatte, wartete, bis im Schloß alles still war. Seit einiger Zeit hatte er all die Kostbarkeiten im Schloß begutachtet und auf ihren Wert taxiert. Kein Mensch würde das Fehlen einer Kleinigkeit merken. Mit so etwas mußten die im Schloß rechnen, er bezahlte immerhin gutes Geld für seinen Aufenthalt. Nervös, und immer wieder um sich blickend, schlich er zur Besenkammer und leuchtete die abgestellte Rüstung mit der Taschenlampe an.
Mit zitternden Händen nahm er den Helm ab und lächelte zufrieden. Vorsichtig sondierte er den Flur und rannte in sein Zimmer. Kuniberts Kopf stellte er unter sein Bett.

An diesem Abend war die Studententruppe mit dem Geistern dran, und Klaus kontrollierte in der Ahnengalerie die Trockeneiskübel, das Tonband mit den Gruselgeräuschen, die Lautsprecherboxen und inspizierte die Kostüme.
Sabine traf noch Vorbereitungen in der Küche.
Julian stand neben ihr, sah sie unverwandt an und hielt hinter seinem Rücken ein kleines Päckchen versteckt. Am Morgen war er in Heuchlingen gewesen und hatte für Sabine ein silbernes Kettchen mit einem Anhänger in Herzform gekauft. Auf die Rückseite hatte er ‚Julian' eingravieren lassen.
„Du... ich..." stotterte Julian und wurde rot bis zum großen Zeh.
„Na, was ist!" sagte Sabine aufmunternd. „Nun sag' schon, was du willst!"
Julian dachte an Eduards Worte: Schaffe eine romantische Atmosphäre ...!
Er sah sich um. Die Küche mit dem grellen Neonlicht, die offenen Geschirregale und die blankpolierten Töpfe, boten wirklich keine Inspiration zur Romantik. Er wollte Sabine etwas ganz Uncooles sagen, aber sein Mund war trocken, und die Worte,

die er sich zurechtgelegt hatte, blieben ihm im Halse stecken. Abrupt hielt er ihr das Geschenk hin.
„Für dich!“ krächzte er.
„Oh, für mich?“ freute sich das Mädchen und riß neugierig das Päckchen auf. Sie lächelte spitzbübisch, als sie das silberne Herzchen sah. „Oh, Julian, es ist wirklich wunderschön! Komm, hilf mir mal, den Verschluß zuzumachen!“
„Es gefällt dir wirklich?“ fragte er ungläubig.
Mit zitternden Händen steckte er den Verschluß zusammen.
Sabine drehte sich um und gab ihm ein Küßchen: „Es ist sehr, sehr schön, Julian! Vielen Dank!“
Erleichtert atmete er auf. „Geh'n wir ... vielleicht mal ins Kino?“ fragte er schüchtern.
„Warum nicht?“ lächelte Sabine.

Dragomir hatte von der Aufregung um seine Person nichts mitbekommen und in seinem Stall gemütlich geschlafen. Nun rappelte er sich aus dem Stroh, gähnte, reckte und streckte sich, kratze sich ausgiebig und rieb sich vergnügt die Pfoten.

Stolz sah er sich um. Das war sein Labor! Die neuen Reagenzgläser funkelten und der neue Bunsenbrenner flammte phantastisch. Es waren nur noch zwei Kartons mit Büchern auszupacken, und dann war alles fertig. Endlich konnte er in Ruhe arbeiten.
Erfreut stellte er fest, daß von seinen Büchern keines fehlte, und hin und wieder blätterte er in dem einen oder anderen.
Auf einmal stutzte er. Eine Postkarte mit einem nostalgischen Motiv fiel aus einem der Bücher. Die Schrift war ganz verblaßt, und er konnte sich beim besten Willen nicht mehr daran erinnern, von wem er sie bekommen hatte. Es mußte auch schon ziemlich lange her sein. Sie war aus dem Ausland geschickt worden, das konnte er an der hübschen roten Briefmarke feststellen.
Bei Gelegenheit würde er sie Archibald schenken, der ja solche Dinge sammelte.

Sebastian schleppte Getränkekisten in die Familiengruft, die von einer einzigen Fackel spärlich beleuchtet wurde. Es zog aus allen Ritzen, und die Flamme

tanzte unruhig und zeichnete gespenstische Schatten an die Wände. Hier unten war es sehr kühl und roch nach Moder. Unwillig versuchte Sebastian, sein ängstliches Gefühl abzuschütteln.
Mit den Getränkekisten ging er zu Eduards Sarg und stutzte. Neben dem Sarg stand ein Barhocker, auf dem Eduards Kleider ordentlich zusammengelegt waren, darunter standen, korrekt nebeneinandergestellt Turnschuhe, und auf dem alten Grammophon lag ein Paar Ringelsocken zum Lüften.
In diesem Moment kam Agatha in die Familiengruft und zog aus ihrem Gewand eine Zigarre.
Belustigt entdeckte sie Sebastian, der starr wie eine Salzsäule vor ihr stand. Mit spinnendünnen Fingern klopfte sie auf ihre Seitentaschen und fragte: „Haben Sie Feuer, junger Mann?"
„I...ich bin Ni...Nichtraucher!" stotterte er.
„Na, gut! Dann mache ich es eben selbst!"
Sie stieß ihren Stock dreimal auf die Erde - und die Zigarre brannte. Genüßlich inhalierte sie den ersten Zug: „Nun machen Sie mal den Mund wieder zu! Was wundern Sie sich? Sie arbeiten doch in einem Gruselhotel!"
Sebastian räusperte sich und sagte stockend: „Ja, schon! Aber es sind doch alles nur Tricks!"
Übellaunig setzte sich die Baronessa auf Eduards Sarg: „Von wegen Tricks, junger Mann! Spuken ist Knochenarbeit! Auch wenn man schon so lange dabei ist wie ich!"
Aha, dachte Sebastian erleichtert, eine Verrückte.

„Würden Sie bitte vom Sarg aufstehen? Ich muß nämlich die Coca-Cola in den Sarg ..."
„Das würde ich an ihrer Stelle nicht tun! Edi kann böse werden, wenn man ihm beim Schlafen stört!" unterbrach sie ihn.
„Ach, Edi! So, so!" Sebastian lächelte amüsiert. „Und wer ist Edi?"
„Na, das sehen Sie doch! Jedes Kind weiß, daß Vampire in Särgen schlafen!" entgegnete sie unwirsch.
„Könnt ihr nicht später weiterquatschen!" rief Eduard ärgerlich und klopfte von innen an den Sargdeckel.
„Na, was hab' ich Ihnen gesagt!" kicherte Agatha schadenfroh.
„S...Sie meinen, da drin ist wirklich ein Vampir?" stammelte Sebastian.
„Sicher!" sagte die Agatha seelenruhig und nahm einen weiteren Zug aus ihrer Zigarre. Sie flüsterte heimtückisch: „Und er ist immer durstig, hi, hi, hi!"
Mit einem lauten Knall flog der Sargdeckel auf, und Eduards blasses, verschlafenes Gesicht kam zum Vorschein.
Seine langen Eckzähne traten hervor: „Ruhe verdammt nochmal! Erst in zwei Stunden ist Sonnenuntergang!"
Grimmig zog er den Sargdeckel wieder zu.
Das war zuviel für Sebastian.
Langsam ging er ein paar Schritte zurück, drehte sich hastig um und eilte die Kellertreppe gleich drei Stufen auf einmal nehmend hinauf. Keuchend er-

reichte er die Küche und ließ sich erschöpft auf einen Stuhl sinken. Seine Hände zitterten.
„Was ist denn mit dir los? Du bist ja ganz blaß?“ fragte Sabine erstaunt.
„Biene, im Keller ... du wirst es mir nicht glauben! D...da ... in dem Sarg ... Da schläft ein Vampir!“
„Was?“
Sie schüttelte den Kopf, trat zu Sebastian und strich ihn tröstend über die Wange.
„Sebastian, beruhige dich! Das sind die Nerven! Als ich gestern nacht draußen war, habe ich eine große Fledermaus gesehen ...“ sie lachte „... und dann ist mir die Phantasie durchge...“
„Er heißt Edi!“ mischte sich Julian ein.
„Edi?“ Sabine lachte.
„Ach, den? Der mit dem Sturzhelm und den Turnschuhen? Du, den kenne ich! Edi ist sehr nett. Zwar ein bißchen aufdringlich, aber absolut harmlos! Er trinkt nur leider zuviel!“
„Ja, Blut!“ hauchte Sebastian.
„So ein Blödsinn!“ Sabine wurde ärgerlich und widmete sich wieder den Fertigmenüs.
„Wir wissen doch alle, daß Vampire nur Phantasiegestalten sind und ...!“
„Dieser nicht! Beinah' hätt' er mich erwischt! Er schläft in seinem Sarg, und die barfüßige Alte kann Feuer machen, ohne Streichhölzer!“ verteidigte sich Sebastian aufgebracht.
„Guck mich nicht so an, ich bin nicht verrückt! Noch nicht! Ich geh' und zwar noch heute!“

„Nun schreien Sie nicht so laut, junger Mann! Was sollen denn die Gäste ...“ tadelte Mr. Richstone, der gerade die Küche betrat.
„Pfft, was gehen mich Ihre Gäste an! Ich kündige und zwar auf der Stelle!“ schrie Sebastian mit hochrotem Kopf. Er drehte sich um und warf die Küchentür krachend zu.
Bedauernd zog Mr. Richstone die Augenbrauen zusammen. Sebastian war ein sorgfältiger Arbeiter und dazu noch sehr billig, so etwas gab es selten. Dann fiel ihm Cynthia ein. Mißmutig dachte er an das Versprechen, das er ihr gegeben hatte.
Er räusperte sich und sagte: „Fräulein Sabine, ich habe mir gedacht, daß Sie ..., nun ..., ich möchte sagen ..., mit der Rolle der Roten Gräfin überlastet sind!“
„Was?“ rief Sabine verdutzt.
„Was soll mich denn dabei überlasten? Glauben Sie, daß ich die zwei oder drei Minuten, die ich schwebe, schmachte und stöhne nicht kann?“
Mr. Richstone lachte gekünstelt.
„Nun, genauso dachte ich es mir! Sie sind so eine sensible Person ...“
„Mr. Richstone“, Sabine beherrschte sich mühsam, „ich bin eine arme Studentin, und die zwanzig Mark für jeden Auftritt habe ich schon eingeplant!“
„Aber Fräulein Sabine ...“ beschwichtigend fiel er ihr ins Wort, „... wenn es nur die zwanzig Mark sind, die bekommen Sie natürlich weiterhin!“
Dem Mädchen blieb vor Staunen der Mund offenstehen.

Der Dicke lächelte sie freundlich an, tätschelte ihre Wange und ging aus der Küche. Er war sehr zufrieden mit sich. Bis jetzt hatte er es immer geschafft, die auftauchenden Probleme zu lösen.
Und so sollte es auch weiterhin bleiben. Er war ja schließlich der Herr im Schloß.

Der Rummel und der Lärm im Schloß machte Archibald nervös und reizbar. Er schrak zusammen und runzelte mißmutig die Stirn, als Countess Cynthia anmutig durch seine Tür schwebte.
„Aber Cynthia, du kannst doch nicht einfach vor den Gästen durch die Wand ...“
„Ich kann, Archilein, ich kann, komm laß uns gehen!“ schmollte die Komteß.
„Natürlich kannst du!“ renkte der Graf schnell ein. „Du darfst nur nicht übertreiben!“
Archibald bot Cynthia galant den Arm, und sie traten auf den Flur hinaus.
Die Countess lächelte charmant nach allen Seiten und genoß die verblüfften Gesichter der Hotelgäste und das Getuschel, das sich unter den Gästen ausbrei-

tete: „Das ist die Lady, die sich erdolcht hat! Sie ist es! Dann ist ja der Graf mit einem ghost verlobt!"
Archibald neigte sich leicht zu Cynthia hinüber.
„Das kommt davon, wenn man durch die Wände geht!" flüsterte er.
Gleichmütig zuckte sie mit den Schultern und schaute Charles entgegen, der mit seinem fünfarmigen Leuchter den Flur entlangkam. Hinter ihm tappte wie ein Blinder Kuniberts kopflose Rüstung.
Laut kreischend flüchteten die Gäste in den Speisesaal - außer Mr. Richstone, der sich inzwischen resigniert in den Spuk fügte.
„Ach, du liebe Zeit!" seufzte Archibald. „Kunibert! Nicht nur, daß er den Sonnenaufgang verpaßt hat, jetzt hat er auch noch seinen Kopf verloren!"
Bobby Duncan wurde puderrot und machte sich schnell aus dem Staub. Sein Herz klopfte und er dachte an den Helm, der unter seinem Bett stand.
Der alte Schloßkastellan und die kopflose Rüstung waren vor der Truhe stehengeblieben, und Charles ging zu Mr. Richstone.
Klappernd verbeugte er sich und sagte mit nasaler Stimme: „Ich bitte die kleine Unpünktlichkeit zu entschuldigen, mein Herr! Ich mußte mich erst um den hochwohlgeborenen Ritter Kunibert kümmern! Jemand hat wohl seinen Kopf ausgeliehen! Wenn Sie mir nun gestatten, mich zu entfernen! Ich werde im Speisesaal erwartet!"
Sprachlos starrte ihm Mr. Richstone nach.
Cynthia hatte die Szene aufmerksam verfolgt, und

ihr war nicht entgangen, daß Bobby etwas zu verbergen hatte. Sie lächelte charmant, und mit einem eisigen Hauch und einem ‚Entschuldige, Archi, ich möchte mich ein wenig frischmachen!' war sie verschwunden.
Mißmutig stützte sich Archibald auf seine Krücken und humpelte allein zum Speisesaal.
Cynthia war Bobby Duncan - für ihn unsichtbar - in sein Zimmer gefolgt.
„Hallo Mr. Duncan!" zwitscherte sie und zeigte sich.
Nach einem ersten Erschrecken, atmete Mr. Duncan erleichtert auf: „Lady Cynthia, wie schön, Sie zu sehen!" sagte er erfreut und sah sie bewundernd an.
„You are beautiful und ..."
„... und Sie würden alles für mich tun, nicht wahr?" schmachtete sie zuckersüß.
Bobby wurde es ganz heiß, und seine Stimme klang belegt, als sie ihm tief in die Augen schaute: „Oh, Lady Cynthia, kommen Sie mit mir in die Staaten! Wir fahren nach Reno, dort laß' ich mich erst scheiden, und dann können wir gleich heiraten!"
„Wie?" irritiert sah sie ihn an.
„Mitkommen? Aber wozu?"
„Aber Cynthia", schmachtete Bobby Duncan, „wir können doch nicht mit dem Grafen unter einem Dach hausen. Das würde ihm bestimmt nicht gefallen."
„Warum denn nicht?" unterbrach ihn Cynthia erstaunt.
„Das Schloß ist groß genug, und wenn Sie erst mal tot sind, haben Sie vor Archibald nichts zu befürchten ..."

„Tot?“ Er riß entsetzt die Augen auf. „Sie meinen tot? Richtig tot?“
Er sah sie entgeistert an.
„Aber Bobbylein, Dear, warum regen Sie sich so auf? Jeder muß mal sterben. Ich schwöre Ihnen, es tut nicht weh! Ein kleines Schlückchen Gift oder ein kleiner Schubs von den Zinnen! Absolut kein Problem!“
„Kein Pro...Problem?“ stammelte er.
„Ich kann hier nicht so einfach weg!“ schmollte sie. „Geister ziehen nicht um!“
„Geister?“ Er wischte sich über die Stirn. „Wollen Sie damit sagen, daß Sie ei...ein ...“
Sie zwitscherte: „Kommen Sie, suchen wir ein Plätzchen zum Schubsen!“
„Nei...nein!“ hauchte er tonlos und wurde schneeweiß.
„Ich merke schon, Sie sind auch ein Feigling!“ zischte Cynthia, und mit einem eisigen Hauch war sie verschwunden, und Bobby Duncan eilte wie von Furien gejagt zum Speisesaal.
Einige Damen waren gerade noch auf dem Weg in den Speisesaal, und Cynthia ließ an ihnen ihren Ärger aus.
„Sie haben recht, meine Liebe! Wir arbeiten nicht mit Tricks!“ mischte sich Cynthia in das Gespräch über die Vorkommnisse auf dem Schloß ein und wurde sichtbar.
Die Damen fielen beinahe in Ohnmacht.
„Aber, aber meine Damen!“ höhnte Cynthia. „Etwas mehr Contenance!“ und wurde mit einem kühlen Hauch wieder unsichtbar.

„Habt ihr das gesehen?“ wisperte Mrs. Bang. „Wir haben doch eine nette Gruseltour gebucht und keinen Horrortrip!“
„Da gebe ich dir völlig recht! Ich will Relax und Fun in meinen Holidays!“ flüsterte Mrs. Qualoni.
„Ich würde am liebsten abreisen!“ hauchte Mrs. Bang und schaute sich ängstlich um.

Die Stille im Speisesaal wurde heute nur von Besteckgeräuschen unterbrochen, als Charles und Gretchen die Menüs servierten. Selbst Rick, Steve und Amy fabrizierten keinen Unsinn.
Immer wieder flogen die Blicke zu Cynthia, die kühl und wunderschön zwischen Archibald und Julian saß. Spöttisch blickte sie in die Runde.
Bobby Duncan stocherte in seinem Essen und wagte nicht den Blick zu heben.
„Oh, Charles, was ist denn mit den Gästen los?“ flüsterte Gretchen.
Der alte Schloßkastellan lächelte und fragte: „Aber wieso? Sie essen doch heute ganz manierlich, wenn Sie mir gestatten, dies zu bemerken!“

„Aber das ist es doch, was mich beunruhigt!" antwortete sie leise. „Irgend etwas stimmt da nicht! Charles, wissen Sie, was los ist?"
„Nun, Graf Dragomir ist noch immer verschwunden, und Ritter Kunibert hat keinen Kopf mehr, wenn Sie mir gestatten ..."
„Gestohlen?" unterbrach ihn Gretchen entsetzt. „Kuniberts Kopf wurde gestohlen? Wissen Sie, wer es war? Charles, Sie müssen etwas unternehmen. Kunibert ist sehr sensibel. Er muß seinen Kopf wiederhaben!"
Der alte Schloßkastellan nickte. „Ich werde mich bei Graf Archibald und Mr. Richstone abmelden!"
Mr. Richstone schielte zu Cynthia hinüber. Sie erwiderte seinen Blick, hob ihr Glas und prostete ihm spöttisch zu.
„Hast du dem auch den Kopf verdreht?" knurrte Archibald eifersüchtig.
„Aber Archilein, was denkst du bloß!" säuselte die Countess. „Ich übernehme doch nur die Pflichten einer Gastgeberin."
Der Graf schluckte. Er konnte ihr nicht böse sein und sah sie verliebt an.
Julian hüstelte verlegen und sagte: „Ich werde mal sehen, ob ich in der Küche helfen kann!"
„Sabine?" fragte Cynthia spöttisch. Julian warf ihr einen bösen Blick zu und verließ den Speisesaal.
Charles verbeugte sich vor Archibald: „Herr Graf werden mich nun entschuldigen! Ich muß mich um Ritter Kuniberts Kopf kümmern. Countess Cynthia,

bald ist Geisterstunde, wenn Sie mir gestatten, Ihnen dies in Erinnerung zu bringen!“ Dann verbeugte er sich und verließ klappernd den Saal.
„Ich denke, du bist erst morgen dran?“ staunte Archibald.
„Aber Darling“, säuselte Cynthia, „was heißt heute? Was heißt morgen? Ich bin immer dran! Das müßtest du doch wissen, nicht? Entschuldige mich nun, Archi, ich muß mich auf meinen Auftritt vorbereiten!“
Sie stand anmutig auf, lächelte nach allen Seiten und verließ den Speisesaal.
Mr. Richstone sah auf seine Armbanduhr. Zehn Minuten vor Mitternacht. Wie würde wohl heute die Geisterstunde aussehen? Sebastian hatte gekündigt, Sabine war beleidigt und Klaus?
Er war nicht mehr Herr der Dinge. Die Gruselshow war ihm völlig entglitten.
„Ladies und Gentlemen“, sagte er in die Stille, „es ist bald Geisterstunde - und ich schlage vor, daß wir uns zu einem kleinen Schlummertrunk in der Bar treffen! Als Extrabonbon wartet ein Gläschen Champagner auf sie!“
Unter den Gästen breitete sich unlustiges Gemurmel aus und fast unwillig folgten sie ihm.

Klaus hielt alleine die Stellung in der Nische, in der das Tonband mit den Gruselgeräuschen stand. Er wartete auf Sebastian und Sabine und versuchte krampfhaft, ein etwas unbehagliches Gefühl abzustreifen, als Agatha mit Eduard daherkam.
„Gu...guten Abend! I...ich dachte, daß wir heute mit dem Gruseln dran sind?"
Eduard sah ihn spöttisch an. Seine blutrot unterlaufenen Augen glimmten boshaft.
„Sieh ihn dir an, Agatha", höhnte er, „der kleine Wicht als Vampir, wie lächerlich!"
Er packte Klaus am Kragen und beugte sich fauchend über ihn.
„Weißt du überhaupt, was es heißt, ein Vampir zu sein, nein? Man muß Blut meilenweit riechen können, kannst du das?"
„N...nein?" Klaus riß sich los und stürmte wie von Furien gehetzt auf sein Zimmer. Mit zitternden Händen riß er die Kammertür auf und stutzte, als er Sebastian mit gepackten Koffern sah.
„Wa...was ist denn los?"
„Ich gehe! Ich laß mich doch nicht von ein paar Verrückten veräppeln!"
Klaus nickte heftig. „Was ist mit Biene? Sie ..."
„Biene?" höhnte Sebastian.
„Biene hält mich für verrückt, und wenn ich noch länger bei diesem Geisterzirkus bleibe, dann werde ich es wohl auch!"
Mit diesen Worten ging er zur Tür.
„Wa...warte!" rief Klaus. „Ich komme mit!"

Cynthia gesellte sich zu Eduard und Agatha, und zusammen warteten sie auf die Geisterstunde.
„Wo bleibt denn Kunibert?“ fragte der Vampir.
„Jedesmal, wenn ihm was nicht paßt, dann drückt er sich vor der Geisterstunde!“ spottete Cynthia.
„Ach, Edi, ich mache mir immer noch so große Sorgen um Dragomir!“ krächzte die Baronessa.
„Ich werde nachher die alten Ställe inspizieren“, beruhigte sie der Vampir, „das ist die einzige Möglichkeit, wo er noch sein könnte! Ich werde noch mit Kunibert ...?“
Entsetzt blieben Eduard und Agatha stehen. Sie sahen zum ersten Mal die kopflose Rüstung auf Kuniberts Truhe sitzen.
„Kunibert? Kunilein, was ist denn mit dir passiert?“ kreischte die Baronessa, setzte sich neben die Rüstung und streichelte die eisernen Hände.
Wütend nahm der Vampir seinen Sturzhelm und warf ihn zu Boden. Er fauchte schaurig und rannte wie ein gefangener Tiger hin und her.
„Beruhige dich, Eduard“, hauchte Cynthia, „ich glaube, ich weiß, wer seinen Kopf hat.
Sie lächelte boshaft und wandte sich an Charles,

der eben am Ende des langen Flures auftauchte: „Bitte, führen Sie Kunibert in Bobby Duncans Erkerzimmer, wahrscheinlich ist ihm hinterher besser.“ Und zu den anderen sagte sie: „Das werden sie uns büßen, was meint ihr dazu?“
„Die Gäste kommen!“ Agathas Augen glimmten giftgrün.
„Sie sind heute ganz leise!“ staunte Eduard. „Wer hat die denn so eingeschüchtert?“
Cynthia flüsterte hämisch: „Das war ich, und nun komm, Edi, wir haben unseren Auftritt! Nimm deinen albernen Sturzhelm ab! Agatha, sorge für Nebel und, naja, du weißt schon ...!“
Agatha stampfte mit ihrem Spazierstock dreimal auf den Boden, und dichter Nebel kroch aus allen Ritzen hervor. Die Gäste wichen entsetzt zurück, wollten sich in ihre Zimmer flüchten, doch vor jeder Tür stand entweder ein zähnebleckender Vampir oder eine geköpfte Baronessa.
Die Besucher drängten sich so dicht zusammen, daß sie untereinander ihren aufgeregten Herzschlag spüren konnten. Sie hielten sich an den Händen und wagten kaum zu atmen.
Mit einem schrillen Lachen schwebte Cynthia auf sie zu, ergriff einen Strick, schob ihren Kopf durch die Schlinge und zog sich zum Kronleuchter hoch. Mit verrenkten Gliedern hing sie dort oben, baumelte hin und her und zerfiel.
Mr. Richstone eilte zu Archibald und tupfte sich im Laufen den kalten Schweiß von der Glatze: „Tun Sie

was, Archi, bitte, tun Sie was! Sagen Sie Ihren Verwandten, daß sie aufhören sollen! Sie vergraulen uns ja die Gäste!"
„Ich kann nichts dagegen tun, Mr. Richstone! Geister und Gespenster haben ihre eigenen Regeln! Aber Sie brauchen keine Angst zu haben, im Grunde sind sie harmlos!" entgegnete Archibald leise.
„Gei...Geister und G...Gespenster? Wo...wollen Sie damit sagen, daß das Ihre Verwandten sind? Sind da...das die Langschläfer, von denen wir sprachen?"
Archibald nickte ernst.
„Ich werd' verrückt!" stammelte der Amerikaner.
„Archi, Sie machen Spaß, nicht wahr? Geister gibt es doch nicht wirklich, oder? Was jetzt, Archi? Was machen wir jetzt?"
„Ich weiß es nicht, Mr. Richstone!" seufzte der Graf und humpelte weiter.
„Aber Ar... Archi, Sie können mich doch nicht einfach im Stich lassen!" flehte Mr. Richstone ihn an und weinte fast.
Im gleichen Augenblick spazierten Agatha und Kunibert - diesmal wieder mit Kopf - herbei und verbeugten sich vor den Zuschauern.
„Kuni hat seinen Kopf wieder", kreischte Agatha vergnügt und zeigte darauf.
Bobby Duncan brachte ein lautes, nervöses Lachen zustande, bevor er davonstürzte. Das war das Signal für die anderen.
„Los, los, nichts wie weg!" kommandierte Mr. Qualoni und rannte die Freitreppe hinunter.

„Wir bleiben keine Sekunde länger!“ schrie Mr. Rainbow. „Wir reisen ab - und zwar sofort!“
„Avisieren Sie uns sofort bei Mr. Stunk!“ befahl Mrs. Bang. „Und schicken Sie uns das Gepäck nach!“
„Halt, halt!“ rief Mr. Richstone und eilte seinen Gästen nach. „Wo...Wo wollen Sie denn hin?“
„Was ist denn hier los?“ staunte Sabine.
Sie sortierte mit Julian in der Rezeption Belege und Quittungen, als die Gäste zum großen Portal hetzten und nach draußen drängten.
Mr. Richstone war zum Ausgang geeilt und rang verzweifelt die Hände: „Bitte, bitte, meine Damen,meine Herren, das wird sich doch alles klären, so bleiben Sie doch!“
Doch seine Gäste drängten nach draußen, und Mr. Richstone kratzte sich angestrengt am Kopf und überlegte, was zu tun sei.
„Sieht ganz so aus, als wenn die Gäste abreisen würden?“ vermutete Julian.
Eduard, Kunibert, Agatha und Cynthia standen an der Brüstung der großen Freitreppe und amüsierten sich köstlich über die Flucht der Hotelgäste.
„Die kommen gewiß nicht wieder!“ spottete Eduard.
„Eigentlich schade“, krächzte die Baronessa.
„Ich hätte gerne noch ein bißchen weitergemacht. Ich habe jetzt gerade Geschmack an Publikum gefunden!“
Sorgenvoll hatte Archibald von Gruftenstein das Treiben seiner Verwandten beobachtet: „Das habt ihr fein gemacht! Ihr habt die Gäste vergrault! Wenn

Mr. Richstone nun seine Gelder abzieht, dann kann er uns jederzeit vom Schloß jagen! Dann gibt es kein Gruftenstein mehr! Dann könnt ihr euch ein Plätzchen in Rudi Stunks alter Scheune suchen!"
Es hatte aber keinen Sinn, noch weiter darüber zu diskutieren, seine Verwandten würden ihn sowieso nicht verstehen. Archibald humpelte zur Bibliothek und knallte - böse und besorgt zugleich - die Tür zu.
„Er wird sich schon wieder beruhigen!" hauchte Cynthia kühl und schwebte davon.
Der Vampir nickte und schloß sein Cape: „Ich seh' mal bei den Ställen nach! Vielleicht finde ich einen Hinweis, wo Dragomir sein kann!"

Archibald wälzte sich in seinem Bett hin und her. Schmerzlich wurde ihm bewußt, wie sehr er an Gruftenstein hing. Hier war seine Heimat, sein Zuhause, und er liebte nicht nur jeden verrotteten Ziegelstein und jede Spinnwebe, sondern auch die eigenartigen Geschöpfe, mit denen er aufgewachsen war.
Und jetzt war Gruftenstein verloren!

In Zukunft würde es keine, wenn auch bettelarme, Schloßbesitzer mehr geben. Er stand auf, hinkte zum Fenster und schaute traurig in die Dunkelheit.
Eine riesengroße Fledermaus zog kunstvoll ihre Kreise am Sternenhimmel, und auf den Zinnen des östlichen Wehrgangs schwebte eine Gestalt in wallendem Kleid mit einem hohen, spitzen, roten Hut. Das erbärmliche Gedudel einer Mundharmonika hallte durch die Ahnengalerie.
Archibald hatte einen dicken Kloß im Hals, so dick, daß er schmerzte. So häufig hatte er sich über die nächtliche Katzenmusik geärgert, aber bereits jetzt vermißte er sie!
Er zog seinen Morgenmantel an, um sich ein bißchen mit Kunibert zu unterhalten. Er konnte und wollte nicht allein sein.
Auf dem Flur hörte er das gleichmäßige Gestake von Agathas Handstock. Hin und wieder glimmte ihre Zigarre auf. Archibald humpelte zur Truhe und setzte sich neben Kunibert.
„Rutscht' mal ein Stückchen!" krächzte Agatha und setzte sich dazwischen.
Schweigend saßen sie zusammen und seufzten. Abschiedsschmerz lag in der Luft, aber keiner wagte, darüber zu reden.
Auf dem langen Flur erschien Charles, in der einen Hand den fünfarmigen Leuchter und in der anderen ein silbernes Tablett mit einem Glas Milch darauf.
Als er die drei auf der Truhe sitzen sah, hüstelte er verlegen, verbeugte sich und sagte mit nasaler Stim-

me: „Ich wünsche den Herrschaften einen guten Schlaf, wenn Sie mir gestatten, dies zu bemerken!"
Archibald, Agatha und Kunibert nickten und blickten ihm nach, wie er mit schlurfenden Schritten am Ende der Ahnengalerie in den Dienstbotentrakt bog.

Julian und Sabine gingen in der sternenklaren Nacht spazieren. Der abnehmende Mond wurde von kleinen, weißen Wolken umhüllt, und ein sanfter Wind wehte Sabine einige Haarsträhnen ins Gesicht. Julian sah Sabine heimlich von der Seite an. Sein Herz schlug heftig.
Kräsch rannte bellend im Kreis um sie herum, hetzte zwischendurch an jeden Baum und setzte seine Duftmarken.
Sabine blieb stehen, steckte ihre Hände in die Hosentaschen, wandte ihr Gesicht nach oben und atmete tief die kühle, frische Nachtluft ein.
Julian überlegte fieberhaft, welche von Eduards Regeln er anwenden sollte und wie er sich ihr geschickt nähern konnte.
„Ach, Julian", sagte Sabine, „du bist zu beneiden.

Es ist so schön hier. Das alte Schloß, der verwilderte Park - und wenn man zum Himmel sieht, da nn ...“ Erschrocken hielt sie inne: „Sieh’ dir das an! Eine riesige Fledermaus!“
„Grundgütiger!“ entfuhr es ihm, als er die Fledermaus erkannte. „Eduard!“
„Ed...Eduard? Du meinst, das ist dieser komische Kauz mit dem Sturzhelm und ...?“
Tröstend legte er den Arm um ihre Schultern: „Du brauchst keine Angst zu haben! Onkel Eduard ...“
„O...Onkel? Dei...dein Onkel? Das ist dein Onkel?“
Julian nickte, und Sabine holte tief Luft: „Julian, das ist ein Scherz, oder?“
Er schüttelte den Kopf.
„Und ich hab’ mich über Klaus und Sebastian lustig gemacht! Ich konnte es nicht glauben! Oh, Mann! Dann gibt es die Rote Lady ...“
„Wirklich!“
„Wirklich“, wiederholte sie tonlos, „und sie ist die Verlobte deines Vater und eifersüchtig auf mich? Und der merkwürdige Alte und die barfüßige ...? Ich halt’s nicht aus! Gibt es noch mehr davon?“
Julian nickte, es war ihm peinlich.
Mit stockender Stimme erzählte er. Von Tante Agatha, die ihm Gute-Nacht-Geschichten vorgelesen hatte, von den nächtlichen Flügen mit Onkel Eduard und wie Onkel Dragomir sein Spielzeug repariert hatte! Und wie er traurig war, als er nach der Scheidung seiner Eltern das Schloß verlassen mußte.

Kräsch kläffte plötzlich, zog böse die Lefzen hoch und preschte zum Arkadengang, der das Schloß mit den Stallungen verband. Mit einem Sprung war er über der halbhohen Stalltür.
Als Julian heftig atmend ankam, stand Dragomir schutzsuchend an die Wand gedrückt, von Kräsch in Schach gehalten.
„Kräsch, laß Onkel Dragomir in Ruhe!“ kommandierte Julian und zerrte seinen Hund am Halsband.
„On...Onkel Dragomir! Das ist dein Werwolfonkel?“ meinte Sabine trocken.
Dragomir zog mit dem rechten Fuß einen Kreis, nahm schwungvoll seinen Hut ab und verbeugte sich galant.
Er machte wahrhaft keinen vorteilhaften Eindruck in seinem schmuddeligen Arbeitskittel, mit verschmutzten Stulpenstiefeln und einem verbeulten Hut.
Bei dem behaarten Gesicht und den Pranken hatte die Umwandlung vom Werwolf noch nicht vollständig stattgefunden.
„Ich würde Sie gerne begrüßen, mein Fräulein, aber dieser schreckliche Hund, der offensichtlich Julian gehört, wird mich vermutlich mit brachialer Gewalt daran hindern!“
„Nimm's ihm nicht übel, Onkel Dragomir! Kräsch sieht in dir eben einen Rivalen!“ verteidigte Julian seinen Hund und drückte ihn zu Boden.
Kräsch legte sich widerwillig hin, schüttelte seine Fransen und ließ Dragomir nicht aus den Augen.

Zur gleichen Zeit hatte Eduard auf seiner Suche nach Dragomir den Lichtschein in den verlassenen Stallungen entdeckt.
Ungeduldig machte er eine seiner üblichen Bruchlandungen und ging neugierig der Helle nach. Er hörte Hundegebell.
Hundegebell, jetzt? Er sah hoch zum Himmel mit seinem abnehmenden Mond.
Dragomir konnte es nicht sein, denn seine Werwolfphase war abgeschlossen, wenn der Mond wieder zu einer schmalen Sichel wurde. Geduckt schlich er zur Stalltür und spähte durch einen Spalt im Holz. Selbstgefällig lächelte er, als er Dragomir sah und trat ein. .
„Seit Tagen suchen wir dich!“ schnarrte er gleich darauf. „Agatha ist völlig außer sich! Wie kannst du nur, Dragomir. In deiner Haut möchte ich nicht stekken! Du mußt dich bei Agatha ...“ verblüfft hielt er inne.
„Sabine“, nuschelte er entzückt.
„Wie freue ich mich, Sie zu sehen!“ Sein Blick traf ihren schönen Hals und damit auch das Silberkettchen mit dem herzförmigen Anhänger.

Als er ‚Julian' entzifferte, fauchte er eifersüchtig. Dragomir - wieder obenauf - lästerte schadenfroh: „Tja, man muß der Jugend den Vortritt lassen, nicht wahr, Edilein? Aber nun kommt, geh'n wir in's Schloß! Dann hab ich's hinter mir!"
Einträchtig gingen sie zum Schloß zurück, wobei Dragomir einen Sicherheitsabstand zu Kräsch hielt. Julian hatte Sabines Hand umfaßt, und Eduard schritt beleidigt hinterher.
Es wurmte ihn jetzt, daß er Julian seine besten Tricks verraten hatte.

„Dragomir" kreischte Agatha vergnügt und hinkte aufgeregt zu ihm. „O Dragomir, mein Lieber, mein Guter, laß dich ansehen! Geht es dir auch gut?"
Liebevoll umarmte sie ihn.
„Du brauchst ihn gar nicht zu bedauern!" petzte Eduard. „Er hatte es sich im alten Schweinestall gemütlich gemacht, richtig idyllisch, während du dich tagsüber schlaflos in deiner Grabkammer gewälzt hast!"
„Das kann doch nicht wahr sein?"

Bevor Dragomir auch nur ein Wort sagen konnte, hatte er sich eine kräftige Maulschelle von der Baronessa eingefangen.
Beleidigt hielt er sich die Wange, während Kunibert, Archibald und Eduard schadenfroh lachten.
Sabine, die bis jetzt immer wieder ungläubig von einem zum anderen gesehen hatte, brach plötzlich in glucksendes Gelächter aus und japste: „Das gibt es nicht! Ich, Sabine Müllenbach, bin Zeuge, wie ein Werwolf von einem Geist geohrfeigt wird!"
Julian nahm mitfühlend ihre Hand und streichelte sie, doch ihr Lachen lockerte die Spannung und steckte alle an.
Dragomir griff in seinen Kittel und holte ein schmuddeliges Läppchen hervor: „Hier, mein Fräulein", hechelte er und drückte ihr das Läppchen in die Hand, „es dient mir zwar hin und wieder als ..."
„Was ist denn das?" krächzte Agatha und hob die Postkarte auf, die Dragomir aus der Tasche gerutscht war. „Du kriegst Post und erzählst mir nichts?"
„Gib her!" knurrte Dragomir und riß ihr die Karte behende aus der bleichen Hand.
„Ich habe sie in einem Buch gefunden! Hier Archibald, die ist für dich! Es ist 'ne hübsche rote Briefmarke drauf!"
„Danke", lächelte Archibald und nahm die Karte entgegen. Interessiert sah er sie an. Dann hielt er sie nahe an seine Augen, um ganz genau zu schauen. „Wie kommst du denn zu einer Karte aus Mauritius?" fragte er erstaunt.

Ungläubig starrte er den Poststempel an: „D...die Karte ist 1849 in Mauritius abgestempelt! E...es ist die rote Mauritius und ... davon ...“
„Ich habe nur von einer blauen gehört!“ mischte sich Sabine in das Gespräch mit ein.
„Ich auch!“ bestätigte Julian. „Die blaue Mauritius wurde vor drei Jahren für unheimlich viel Geld versteigert!“
„Na und, was ist schon dabei“, seufzte die Baronessa gelangweilt, fischte nach einer Zigarre, zündete sie umständlich an und blies blaue Kringel an die Decke.
„Aber nicht doch, Agatha“, lästerte Eduard. „Archi freut sich über das schöne rote Bildchen!“
„Das kann ich bezeugen“, schmunzelte Dragomir, „schon als Kind hat er lieber Briefmarken als Bilderbücher angesehen!“
„Schade, daß sie schon abgestempelt und entwertet ist“, kicherte Kunibert. „Besser wäre es, wenn nicht, dann könntest du sie noch verwenden!“
Archibald hörte gar nicht, was seine Verwandten sagten. Er nickte nur immerzu mit dem Kopf.
„Die rote Mauritius! In Philatelistenkreisen ist bekannt, daß der erste Probedruck 1849 rot war! Aber da die Lieblingsfarbe des Gouverneurs blau war, druckte man alle weiteren blau!“
„Und was heißt das?“ nuschelte Eduard gelangweilt.
„Das bedeutet, daß sie ungeheuer wertvoll ist, noch wertvoller als die blaue Ausführung!“ jauchzte Archibald.

Er wedelte aufgeregt mit der Postkarte und humpelte behende in seine Bibliothek.
„Wir müssen nicht ausziehen! Gruftenstein bleibt unser, unser, unser!“ sang er lauthals vor sich hin.
„Er ist verrückt geworden“, flüsterte Agatha ergriffen.
Verblüfft sahen sich die anderen an, und Cynthia, die eben aufgetaucht war, folgte ihm besorgt.
Ihr spitzer, roter Hut wippte aufgeregt.
Auf dem Schreibtisch lag ein großes, aufgeschlagenes Briefmarkenlexikon, und Archibald hielt immer wieder vergleichend die Lupe ins Lexikon und auf die Briefmarke.
„Sie ist es! Ja, sie ist es! Kein Zweifel! Bei allen sieben Vampiren, sie ist es wirklich!“
Er lehnte sich zurück und fuhr sich mit allen zehn Fingern durch die dünnen Haare.
„Sie ... sie ist es wirklich! Ich kann es gar nicht fassen! Die rote Mauritius!“.
„Was ist sie wirklich, Archilein?“ säuselte Cynthia und setzte sich zu ihm auf die Stuhllehne.
Er wandte sich ihr zu. Impulsiv zog er sie auf seinen Schoß und küßte sie stürmisch.
„Aber Archilein, so kenne ich dich gar nicht!“ staunte die Komteß und krümelte ihm die Eiszapfen von den Bartstoppeln, die sich jedesmal bildeten, wenn er sie küßte.
„Cynthia, Liebling! Wir sind gerettet und dieser Mr. Richstone, der kann mich mal! Unser Leben wird sich verändern. Wir werden Geld haben! So viel Geld,

daß wir das Schloß vor dem Untergang retten können. Gleich morgen früh werde ich den Präsidenten des Philatelistenverbandes und den Heuchlinger Bankdirektor zu mir bitten!"
„Ach, Archi, dieser Bankheini kommt bestimmt nicht", vermutete Cynthia. „Du hast selbst gesagt, daß das ein verknöcherter ..."
„Und ob der kommt! Darauf kannst du Gift nehmen! Der wird mir einen roten Teppich vom Dorf bis zum Schloß rollen, und dann sind wir auch diesen gräßlichen Richstone ein für alle Male los! O Cynthia, von nun an erfülle ich dir jeden Wunsch! Du bekommst alles, was du willst!"
„Wirklich alles?" argwöhnte sie. „Heißt das, daß du ..."
„Nein, das noch nicht gleich!" lenkte er rasch ab. „Aber du bekommst den schönsten und prachtvollsten Bilderrahmen, den ich auftreiben kann!"
Archibald stellte sich ans Fenster und blickte in den sternenklaren Himmel über seinem Schloß.
Der Wind hatte sich beruhigt, nur sanft noch rauschten die Wipfeln der Bäume.
Er war glücklich.
Die anderen Schloßbewohner hatten sich bereits zur Ruhe begeben und waren nach kurzer Zeit eingeschlafen.
Bis auf Eduard, der wieder einmal, wie schon so oft in seinem Vampirleben, Liebeskummer hatte.
Am meisten wurmte ihn, daß er nichts dagegen machen konnte. Traurig wälzte er sich in seinem Sarg hin und her.

Am nächsten Vormittag lief der dörfliche Nachrichtendienst auf Hochtouren. Die fluchtartige Abreise der amerikanischen Touristen war Gesprächsthema Nummer eins unter den Dorfbewohnern.
Mr. Richstone stand mißmutig in Rudi Stunks Gaststube und sah zu, wie die Gäste abreisten.
Er befürchtete Schlimmes: Die Gäste wollten ihr Geld zurück, Hotelbuchungen mußten sicherlich storniert werden - und er hatte ein altes, baufälliges Schloß am Hals.
Aber eines war sicher: Archibald und der ganze komische Verein mußten jetzt endgültig verschwinden. Beim nächsten Anlauf mußte das Schloß geisterfrei sein!
Mit trüben Gedanken schaute er aus dem Fenster. Verwundert wischte er sich über die Augen. Nein, er hatte sich nicht getäuscht! Die schwere Limousine des Heuchlinger Bankdirektors fuhr in Richtung Gruftenstein. Nachdenklich kratzte er sich an seinem kahlen Schädel.
Was zum Teufel wollte der Heuchlinger Bankdirektor von Archibald?
Da! Ein weiterer Wagen fuhr Richtung Schloß.

Da war doch etwas los! Mr. Richstone ging sofort zu Rudi Stunk und ließ sich ins Schloß chauffieren. Sabine, die geblieben war, öffnete Mr. Richstone das Portal.
„Guten Morgen, Mr. Richstone, Sie sind aber früh unterwegs."
Sabine lächelte ihn freundlich an.
„Guten Morgen, guten Morgen", raunzte er Sabine an, ohne sie weiter zu beachten, „wo sind die Herrschaften, die eben angekommen sind? Sind sie bei Graf Gruftenstein?"
Sabine nickte erschrocken über den Ton, und Mr. Richstone machte sich schnurstracks auf den Weg. Ohne anzuklopfen betrat er die Bibliothek, in der Archibald gerade dem Bankdirektor und dem Präsidenten des Philatelistenverbandes einen Kaffee und leichtes Gebäck anbot.
„Hi, Herr Krummaier, gut, daß ich sie treffe!" rief Mr. Richstone.
„Ich habe die Nase endgültig voll. Als Herr von Gruftenstein bestehe ich darauf, daß die Mitbewohner das Schloß mit sofortiger Wirkung räumen."
„Sachte, sachte Mr. Richstone", unterbrach ihn der Bankdirektor.
„Noch sind Sie nicht der Besitzer von ..."
„Ha, daß ich nicht lache! Ich habe fast alle Schuldscheine und Hypotheken aufgekauft! Der Rest ist für mich ein Kinderspiel!"
„Das glaub' ich Ihnen gerne, Mr. Richstone", lächelte Herr Krummaier nachsichtig, „doch in diesem Fall

muß ich Sie auf den Vertrag verweisen. § 9a, Abs 1.1 besagt, daß Graf Archibald von Gruftenstein innerhalb eines Jahres das Rückkaufsrecht der Hypotheken und Schuldscheine hat. Und nun - nun ist der Graf in der glücklichen Lage, dieses Recht wahrzunehmen."
Mr. Richstones tobte: „So, so, zurückkaufen können Sie? Nun, dann werden wir gleich mal abrechnen! Zinsen, die Elektrogeräte und ..."
„Dies alles werde ich ihnen selbstverständlich erstatten, doch nun, Mr. Richstone, habe ich eine Bitte an Sie. Würden Sie sich bitte einmal umdrehen?"
Verblüfft folgte Mr. Richstone dieser Bitte, und Archibald von Gruftenstein trat ihm ganz ungräflich mit dem gesunden Fuß ins Hinterteil.
„Das wollte ich schon die ganze Zeit! Und nun meine Herren", er wandte sich aufatmend an den Präsident und den Bankdirektor, „ folgen Sie mir in den Speisesaal, in dem Charles und Gretchen die Tafel gedeckt haben."
Mr. Richstone stieß rasselnd die Luft aus.
"Sie werden von mir hören", schnaubte er, „das schwöre ich ihnen!"

Alle Familienmitglieder hatten sich bereits im Speisesaal versammelt, und fröhliches Gelächter schallte durch den Raum.
Auf Charles knochigem bleichem Gesicht lag ein zufriedenes Lächeln. Mit der Würde, die nur ihm zu eigen war, legte er ein hervorragendes Menu auf und schenkte echten Champagner ein. Die Zeit der Blutwurstbrötchen war vorbei.
Archibald nahm seine silbernen Gabel und klopfte an sein Glas.
„Ich will und muß einen Toast auf Gruftenstein und seine Bewohner anbringen! Euch allen habe ich eine wunderbare Mitteilung zu machen! Wie euch wohl bekannt ist, hatten wir seit jeher große Schwierigkeiten, unser Schloß, unser Gruftenstein, zu erhalten! Mir ist es immer wieder gelungen, letztendlich das Schlimmste abzuwenden! Aber", hier machte Archibald eine Pause, „ab heute sind alle Geldsorgen vorbei."
„Was?" schrie Dragomir.
Alle murmelten aufgeregt durcheinander.
„Ihr habt richtig gehört!" lächelte Archibald nachsichtig.
„Seit heute sind wir reich! Erinnert ihr euch noch an die alte Postkarte mit der roten Briefmarke, die Dragomir aus der Tasche gefallen ist?"
„Das rote Bildchen ist ihm in den Kopf gestiegen, er war, wie bereits gesagt, schon als Kind so. Wenn er solche Briefmarkenbildchen sah, flippte er beinahe aus", stichelte Eduard.

„Diese Briefmarke, über die du herziehst, ist unendlich kostbar. Auch wenn du es nicht glaubst, das kleine Bildchen rettet uns. Die Briefmarke ist sage und schreibe mehrere Millionen wert!"
Ungläubigkeit breitete sich auf den Gesichtern aus.
„Ich sagte ja schon", flüsterte Agatha Kunibert zu, „unser armer Archi ist nicht ganz richtig im Kopf. Jetzt ist er aber vollkommen verrückt geworden!"
„Nein, ich bin nicht verrückt, ganz und gar nicht - es ist verrückt! Es war die Rettung in buchstäblich der letzten Sekunde."
Archibald lächelte glücklich in die Runde: „Gruftenstein kann nun renoviert werden und bleiben, wie wir es wollen. Die alten Mauern werden wieder neuen Glanz erleben. Eduard wird künftig nicht mehr im Sperrmüll wühlen müssen, um ein Paar brauchbare Schuhe zu finden. Agatha wird immer einen Vorrat an ihren heißgeliebten Zigarren haben, und Dragomir - auf Dragomir setze ich große Hoffnungen. Er kann endlich in angemessener Weise seinen Forschungen nachgehen, und ich bin überzeugt, daß er mit den neuesten Geräten etwas erfinden wird, das Gruftenstein Reichtum und Ehre bringt."
Archibald machte eine Pause und drehte sich zu Charles: „Wie uns bekannt ist, hat Charles eine Vorliebe für erlesene Weine, und deshalb erhält er die Aufgabe, einen vorbildlichen Weinkeller anzulegen und die Stelle als Mundschenk."
Alle klatschten und Charles bekam feuchte Augen.
„Und nun zu Cynthia", fuhr er fort, „sie wird nun

endlich eine gebührende Umgebung als Rote Gräfin bekommen, auf die sie schon lange einen Anspruch hat. Kunibert wird in einer neuen Rüstung wieder der Schwarze Ritter sein, wie er es früher war, und Gretchen wird nie mehr auf ihr Gehalt warten müssen, sondern ein wesentlich höheres immer pünktlich bekommen! Aber das Schönste an allem ist, daß Julian bei uns bleibt. Auf alle Fälle bis zu seinem Abitur!"

Der Verblüffung schloß sich hemmungsloser Jubel an! Sie lachten und umarmten sich, schwatzten und prosteten sich zu.

Nur Sabine blickte etwas schwermütig in die Runde. Sie hatte sich an alle diese komischen Wesen gewöhnt und dachte mit Bedauern an die Fabrik in Heuchlingen.

Mitten hinein in ihre bekümmerten Gedanken, beugte sich Archibald zu ihr herab.

Er lächelte und fragte: „Fräulein Sabine, hätten Sie nicht Lust, mir beim Archivieren der Bibliothek und beim Lektorieren meiner Texte zu helfen? Ich habe jetzt doch endlich die Zeit und das Geld, die Manuskripte durchzusehen und zu veröffentlichen, die schon lange in meiner Schublade liegen. Ich möchte die innere Natur der Geisterwesen in der Literatur beschreiben und den Menschen näher bringen. Es gibt ja so viel Schund auf dem Bereich der Psychologie über Vampire, Rote Frauen ...", hier unterbrach sich Archibald selbst, „... aber darüber können wir auch noch später reden. Sagen Sie ja!"

Sabine strahlte ihn mit klaren Augen an und nickte stumm.
Vor Freude drückte sie Julian unter dem Tisch fest die Hand.
„Wie schön, Fräulein Sabine, aber ich warne Sie, Sie werden Jahre damit zu tun haben! Doch zuerst habe ich ein Geschenk für euch alle."
Archibald wandte sich an Charles: „Bitte Charles, bringen Sie die Kataloge!"
Mit Freudentränen in den Augen schob der alte Schloßkastellan einen Servierwagen vor sich her, der mit Katalogen, Broschüren und Prospekten beladen war.
„Nur zu", sagte Archibald, „Sucht euch etwas aus. Wir werden zusammen eine Reise machen - vielleicht finden wir ein so schönes Gruselhotel, wie es unseres war!"